KB157838

한국 희곡 명작선 94

간사지

한국 희곡 명작선 94

간사지

최송림

평민사

죄
송
림

간
사
지

등장인물

최숙자 : 간사지 낚시점 '속싯개' 여주인
허종갑 : 간사지 출신으로서 최숙자의 첫사랑
박광일 : 최숙자의 아들, 고성 오광대 전수자
허미옥 : 허종갑의 재종 동생으로서 허월당의 외동딸
이상락 : 귀농한 허종갑의 고향친구
김영철 : 농어촌 후계자, 박광일의 친구
허월당 : 月堂, 허종갑의 당숙으로서 마을 어른
감골댁 : 허종갑의 할머니, 고성 농요를 즐겨 홍얼대던
허도치 : 허종갑의 친척으로서, 산지기
그 외 고성 오광대 놀이패

• 간사지 사람들의 말은 경상남도 고성(固城) 지방사투리가 원칙이다.

때

현대

장소(무대)

간사지(干潟地)의 바닷물을 조절하는 수문(水門)이 있는 방조제 뚝방다리(〈간사지교〉라고 씌어 있다) 위 낚시가게 '속싯개' 앞이 주 무대이다. 속싯개는 갯지렁이와 낚시용품 외에도 간단한 일용품과 과자류·음료수·소주 및 회와 매운탕 등을 파는 간이음식점을 겸한다고 보면 되겠다.
요컨대 전형적인 갯마을 점방이다.

1

막이 오르면, 갈매기 울음소리와 함께 이 연극의 주 무대인 낚시
점 '속싯개'다. 점방 툇마루 따위 어디쯤에 '고성공룡쌀'이라는 글
자가 쓰인 쌀자루가 보이는가 하면 〈공룡의 나라 고성〉〈2006고
성공룡세계엑스포〉 등의 포스터도 눈에 띈다. 점방 앞에 놓인 평
상 위엔 낡은 자개상 하나가 덩그러니 놓여 있다.

주인인 최숙자와 아들 박광일, 모자 사이가 처음부터 친구처럼
스스럼없는 게 무척 익살스럽다. 최숙자가 점방에서 저만의 고성
농요 '모심는 소리'를 흥얼대며 나오면 마당을 쓸던 박광일이 고
성 오광대 초랭이 춤사위로 맞이한다.

최숙자   조리 조리 조조리 새야
　　　　　나리 나리 나나리 새야
　　　　　하나부는 꽃에서 놀고
　　　　　거거무는 줄에서 논다
　　　　　산두 넘어 해 넘어 간다
　　　　　곱은 각시 밥하러 간다
　　　　　곱은 처자 동자 간다
　　　　　얽은 각시 물 길러 간다
　　　　　(스스로 지어내서) 거류산같이 높은 사랑

7

(박광일이 대꾸로 맞장구치듯) 쏙시개(속삿개)같이 깊은 사랑~'
(평상을 닦으면서 그렇게 마당을 쓰는 아들 광일과 노래로 흥을 돋우
다가 가상의 갈매기를 쳐다보며) 저놈의 갈매기는 아침부터 뭐
먹을 게 있다고 저리 난리 벅구를 치노? 아참, 야야야, 갯
가 그거 좀 치웠나? 아직도 안 치웠제?

박광일 어무이가 좀 치아뻐라. 내사 마 징글맞아서… 요새도 처
녀가 얼라를 배서 낳아 핏덩어리를 갯가에 다 내삐노!

최숙자 (왠지 신경질적으로) 처녀가 그랬는지, 아지매가 그랬는지…
오죽했음 그랬겠노.

박광일 근데, 어무이가 와 얼굴이 빨개가지고 열을 막 내노?

최숙자 내가 언제?

박광일 하여튼, 병원에 가면 감쪽같이 처리할 낀데….

최숙자 우얄꼬, 이놈아가 모르는 기 없데이. 손아가 어떠케 그리
잘 아노?

박광일 그라몬 저 거류산 꼭대기 무지개 터 명당에다 남몰래 묻
어 줄까나?

최숙자 오냐, 니 맘대로 하거라. 옛날부터 무지개터 명당에다 못
자리 몰래 쓰면 천재지변이 밀어닥친다캤다. 잔말 말고
독메(獨山)산 양지바른 곳에 고이 묻어주거라. 도회지에선
강아지도 묻어준다 카더라.

박광일 카더라 방송… 하기사 개 팔자가 상팔자라고, (괜히 심술부
리듯) 시간 음다. 공연이 며칠 안 남은 기라. (짐짓 시계를 보
고 서둘 듯) 시간이 언제 이러케 됐노? 근데 영철이 이놈아

는….

고성 오광대의 초랭이 몸짓을 방정맞게 내다가 넘어진다.

최숙자   저 초초초, 초랭이 방정하고는… 양반이나 말뚝이 역 몬 맡는 이유를 내 알것다, 이놈아.

김영철   시이~ㅅ! (말뚝이탈을 쓰고 춤추듯 나타나 탈을 벗으며) 말뚝이 여기 대령했심더.

최숙자   너도 양반은 몬 되것다.

김영철   (박광일에게) 쪼맨 늦었제?

박광일   야아야, 퍼뜩 가자.

최숙자   영철아, 저 초랭이 방정 혼구녕 좀 내주고 가면 안되것나? 에미 말을 영 안 듣는다.

김영철   (탈을 다시 쓰며 짐짓 오광대놀이 하듯) 네 이놈, 초랭이 방정아!

박광일   (흥겹게 받아넘기듯) 어허, 촛짜(初者) 말뚝이가 감히 고참 초랭이 전수자한테 던지는 말뽄새 좀 보소.

최숙자   (손을 내저으며) 마, 치아삐라. 됐다. 너희들만 오광대냐? 에미도 왕년에 한 가락 한 거 다 알제?

박광일   작은어미로?

최숙자   (몸짓과 함께) 작은어미면 작은어미, 큰어미면 큰어미, 소리면 소리… ('치마타령'을 재미있게 부른다)
'요치매가 요래봬도
부모한테 효자치매

요치매가 요래봬도

자식한테 덮을치매

요치매가 요래봬도

노는데는 한량치매

요치매가 요래봬도

(노래를 멈추고 치마를 걷는 시늉을 하며)

서방 보면 홀딱 벗는 치매!'

그렇게 본격적으로 소리(唱)를 몇 소절 뽑고 기분에 휩쓸려 자신도 모르게 마지막 대사까지 하고 나니 아무래도 주책이라고 입을 막는 등 어색해하자, 김영철과 박광일은 탈을 벗고 함께 박수를 친다.

박광일·김영철 (두 남자 믿기지 않는다고) 우와!

최숙자 (뽐내듯) 뭐 또 보고 싶고, 듣고 싶은 거 음나? 우리 때는 연습 많이 안 해쌓아도 대통령상만 잘도 받아왔데이. 옛날에는….

박광일 옛날옛날, 어무이는 맨날 옛날타령이라카이. 인자는 우리 마을도 현실에 맞게 확 바꽈뻬야 하는 기라.

김영철 그건 광일이 말이 맞는 거 같심더.

최숙자 시대가 아무리 흘러도 변할 게 있고 변하지 말아야 할 게 있는 기다. (광일에게) 퍼뜩 시키는 대로 안 할 끼가?

박광일 어무이요.

최숙자   (맞장구치듯) 와요.

박광일   (짐짓) 오늘은 이 몸이 좀 바빠서 그럴 시간이 없심다요.

최숙자   너들, 오늘도 연습 핑계대고 미옥이 꼬셔 이촌장인지 이 된장인지 만나러가는 거제?

박광일   간사지 최숙자 여사 바보 앙이가?

최숙자   저놈이!

김영철   미옥이 아부지 돌아가셔서, 상중(喪中)임더.

최숙자   맞다, 상중이제. 하이고, 뱃놈이 물질은 안하고 허구헌날 골골거리는 그 양반을 하도 따라다니니까 그라제. 와? 당항포로 쌍발이로 공룡 발자국인지 화석 알인지 찾는답시고 배미(좀) 싸돌아다녔노?

박광일   어디 그뿐이가? (약 올리듯 최숙자 목소리를 흉내) 요즘은 이 간사지의 돌멩이, 야생초, 들꽃 하나라도 소중하다며 비싼 사진도 몽창시리 팍팍팍 찍고….

최숙자   그래, 팍팍팍 찍고! 쯧쯧, 잘들 논다. 도회지에서 폐병이 들어 귀농(歸農)인지 귀향(歸鄕)인지 한 사람이라면 몸조리나 잘할 일이지, 무슨 놈의 거 머시기냐…?

김영철   환경운동예?

박광일   생명운동 아이고?

허미옥   (혼잣말처럼) 환경·생명, 참 좋제!

최숙자 대신 허미옥의 목소리다 싶었는데, 미상불 한쪽에서 동그란 조명을 이고 초췌한 모습의 허미옥이 드러난다. 순간 이쪽은

잠시 어둠 속에 묻히고, 박광일이 어느덧 허미옥한테 나타난다.

허미옥 와 바쁜 사람을 자꾸 오라가라 카노?

박광일 어이구, 피죽도 한 그릇 못 얻어먹었나, 눈만 천리 밖으로 튀어나왔네? 오데 눈이 마라톤대회 뛰는 기가?

허미옥 할 이야기나 퍼뜩 하거라.

박광일 (놀리듯) 웬 풀쐐기!

허미옥 나 피곤타.

박광일 니 촌장님을 와 자꾸 피하노? 우리 영원한 촌놈들, 영촌 모임에 안 나온 거 벌써 몇 달째고? 아님 나를 피하는 기가?

허미옥 니는 아직도 그 아제 따라다니나?

박광일 아제? 우리의 영원한 촌장님한테 그게 무슨 말버릇이고? 말 함부로 하지 말거레이.

허미옥 그거 때문이라면 갈란다.

박광일 (손을 잡으며) 미옥아, 이야기 좀 해봐라. 이유가 뭐꼬?

허미옥 (뿌리치며) 사는 기 막막해서다, 와?

박광일 아부지 때문이가? 월당어른께서 몸이 안 좋다는 말은 내 진작 들었다. 어디 좀 보자, (짐짓 얼굴을 자세히 보며) 세상을 탁 놔 뿐 것 같구마.

허미옥 무신 좋은 세상이라고 꽉 잡고 싶겠노. 밑바닥이 툭 꺼진 듯, 무섭다 카이.

박광일 (끌어안으며) 내가 안 있나, 걱정 말거레이.

허미옥 (확 밀쳐내며) 니가 뭘 안다고 그라노?

박광일   와 모르노. 처녀총각이 눈 맞고 배 맞았으면 할 기 딱 하나뿐이제. (결혼행진 하듯 팔짱을 덥석 끼고) 딴따따따, 딴따따따~.

허미옥   (철없다고 다시 뿌리치며) 니는 울 아부지 죽기만 바라는갑네?

박광일   무슨 말을 그리 심하게 하노? 니 계속해서 삐딱하게 말하는 거 보니 내한테 쌓인 게 많은 모양인데, 내 잘못 아이다 이. 그라고보이 그날 이후 우리 모임에 안 나왔고마? 그날 내가 싫다는데도 무지막지하게 덤빈 건 바로 넌 기라. 그 사실을 똑똑히 기억하거라이! 알겄나? 이 문디 가순아야.

박광일이 화가 나서 씩씩거리며 앞 장면으로 원위치한다.

허미옥   (절망하듯) 광일아, 난 우짜면 좋노! 아부지도 저런데다가 내까지… (아랫배가 아파오는지 쓸어내리며 주저앉듯) 니가 촌장을 미워할 때가 머잖아 곧 올 끼다. 내 반드시 그렇게 하게 해줄 꺼마!

어둠 속에 파묻혀 허미옥 퇴장하면, 다시 최숙자네로 바뀐다. 박광일도 물론 그대로 거기 있다.

최숙자   환경·생명, 참 좋제.

박광일   (딴 생각에 잠겨 혼잣말처럼) 꼭 누구처럼 말한다카이.

최숙자   머라캤노?

박광일 아, 아무것도 아이다.

최숙자 사람은 겉만 보고는 모른데이. 반짝인다고 다 금이 앙인 기라.

박광일 이촌장님도 어무이 억수로 좋아하는 눈치던데 뭘 그라노?

최숙자 (짐짓 눈을 부라리고 때릴 듯) 이놈의 자슥이 에밀 막 놀리고 자빠졌네.

박광일 (피하듯) 우리 점방에 와서 살다시피 안하나?

최숙자 그건 술 마시러 오는 거지 어떻게… (화제를 바꾸듯) 이제 영철이 너도 함께 오광대패가 됐은게, 친구삼아서 얼매나 좋노.

박광일 (무심코) 영철이가 되고 싶어서 됐나, 맴 붙일 데가 없으니 까네….

최숙자 아직도 색시 소식을 통 못 듣는가베?

박광일 (쓸데없이 상처를 건드린다고) 어무이!

김영철 지는 마, 벌써 싹 다 잊어뻤심더. 이젠 제 발로 걸어서 돌아온다 캐도 내 절대로 안 받아줄낍니다.

최숙자 (혀를 차듯) 오죽이나 맴이 상했으면… 융자 받은 영농자금 몽땅 챙겨 야반도주할 줄 뉘 알았겠노.

박광일 (더 이상 말을 못하게 막듯) 어무이요!

최숙자 오냐, 오냐, 내가 괜한 말을 했능갑다. (말을 돌리듯) 우짜든 지 이촌장 따라서 씰데없는 짓 하고 다니지 말란 말이다. 알았나?

박광일 (도망치듯) 알았다, 알았다. 그라몬 갯가 그거 퍼뜩 연습 갔다 와서 치울 끼라. 어무이 소원대로 뒷산에 묻어 줄 꺼마.
됐나?

최숙자   됐다.

김영철   그럼, 계시이소.

최숙자   오냐, 퍼뜩 갔다오나.

김영철을 앞세운 박광일이 초랭이 방정을 떨며 나가는 뒷모습을
바라보고 흐뭇하게 웃던 최숙자가 안으로 돌아선다. 허종갑이 검
정 양복차림으로 감회에 젖어서 주변을 둘러보며 나타난다. 박광
일과 마주보며 등장하다가 하마터면 부딪힐 뻔.

박광일   (피해서 나가며) 어무이요, 손님 왔어예!

박광일이 무심코 말하고 김영철과 바쁘게 완전히 퇴장한다.

최숙자   (혼잣말처럼) 웬 손님이 이 시간에….

평상을 마저 쓸던 최숙자가 돌아서서 허종갑을 바라본다. 눈을
의심하듯 반갑고 놀라워서 한동안 말이 없다. 일순 여인의 얼굴
에 회한이 해일처럼 밀어닥친다.
갈매기 울음소리!

허종갑   … 숙자, 맞제? 나, 종갑이, 허종갑… 몰라보게 변했구나!

최숙자 … 얼굴은 하나도 안 변했네예. 월당 어른 장례식에 내려 왔다카는 소식은 들었어예.

허종갑 나도 숙자가 여기 산다는 걸 당숙 장례식에 와서야 듣고… 정말 오랜만이다. 방금 나가던 청년이 아들인가?

최숙자 그거 하나 놓고 여기 와서 눌러앉았지예.

허종갑 아들 참 반듯하게 잘 키웠네?

최숙자 그렇지도 않아예. 말을 잘 안 듣습니다. (평상을 손으로 쓸며) 좀 앉으이소. 몇 남매라예?

허종갑 (앉으며) 딱 남맨데….

최숙자 같이 내려왔겠네예?

허종갑 응? 으응… 애들 엄마가 둘 다 데리고 외국에 나가 있거든.

최숙자 그렇십니꺼?

허종갑 몇 달 안 있으면 귀국해. (새삼 확인하듯 바라보며) 우리 근 삼십 년 만에 처음이제?

최숙자 서울로 가면서 몬 봤으니까, 그쯤 되지 싶네예. 아참, 내 정신 좀 바라. 머 마실 거라도….

허종갑 (그리운 손이라도 잡을 듯) 괜찮아, 그냥 이야기나 좀….

최숙자 (괜스레 수줍은 듯 떨어지며) 그래도….

허종갑 그럼, 해장술이나 한잔할까?

최숙자 (걱정스레) 잠도 몬 잤을 낀데 술만… 회라도 좀 뜰까예? 펄떡펄떡 뛰는 기 억수로 싱싱합니다.

허종갑 밤새 상갓집에서 잔뜩 먹었어. 소주나 한 병….

최숙자 (소주병을 갖고 오면서) 월당 어른께서 평소 음덕을 많이 쌓아

그런지, 문상객으로 장지 선산이 온통 하얗대예. 워낙 발이 넓으신 어르신이라… 손님대접이 이래갖고 될란지 모르것네.

간단한 안주 그릇과 함께 점방에 늘 놓여 있는 술상을 사이에 두고, 소주병을 따서 한잔 따르며.

허종갑　사람은 관 뚜껑을 닫아봐야 안다더니, 많이들 왔더군. 피붙이라곤 뒤늦게 얻은 외동딸 미옥이 하나뿐이라 고작 내가 상주 노릇을 한 셈인데도… 당숙께서 살아 계셨더라면, 아마 나는 아직도 고향땅을 밟지 못했을 거야. 생전에 나를 얼마나 미워하셨는지!

최숙자　돌아가신 오빠 아버지를 고향 선산에 모시지 않고 객지에서 서울 그 머라카더라… 아, 벽제화장장에선가 불태워 유해를 화장터 뒷산에 뿌린 일 때문이지예?

허종갑　(잠시 회한에 잠기듯) … 봄비가 내리는데도 만발한 진달래꽃이 왜 그리도 서럽도록 눈부시던지… 그땐 어쩔 수가 없었어. 가정형편도 어려웠지만, 나도 한창 쫓겨 다니던 수배자 신세였으니까. 고향 집안 어른들한테 부고할 경황조차… 그 사실을 뒤늦게야 당숙께서 알고 노발대발하셨다지!

최숙자　그래도 오빠가 붙잡혀 구속되었을 때, 구명운동에 제일 앞장선 사람이 월당 어른이었다고 들었심더. 조사 나온 사람들한테, "내 당질 허종갑은 지주의 아들로서 절대 빨갱이짓 할 청년이 앙이다! 두호리 바닷가 선무당들이 굶어죽은 귀신 천도 굿할 때마다 물 건너 거산리 허부잣집 찾아 배불리 먹고 가라고 빌었을 정돈데, 텍도 없대이!"
그때만 해도 반공법에 걸렸다 하면 무서버서 친척들도 벌벌 떨며 멀리하던 시절이 아니었던가베예. 지금은 그런 법 없어졌지에?

허종갑 (고개를 끄덕이고 서글픈 웃음을 지으며)… 귀에 걸면 귀고리, 코에 걸면 코걸이… 군사정부 시절이었으니까.

먼산바라기 하듯 그 시절을 떠올리면, 문둥이탈을 쓴 이상락이 한쪽에서 동그란 조명을 받고 나타나 가벼운 춤사위를 곁들여 경계의 눈초리로 주변을 둘러본 후ㅡ.

이상락 이 탈바가지, 탈춤 동아리 만들어서 데모하라고 배운 거 앙이다이. 종갑아 이놈아야, 니 우짤라꼬 그리 큰 사고를 쳤노? 반공법이 무슨 얼라 장난 이름이가! 너뿐이 앙이라 주변사람들도 다 직인다카는 거 와 모르노. 빨갱이 될라꼬 대학생 됐나? 나는 말단 공무원시험 합격해서, 어떡해서든 성공할라꼬 야간대학 안 댕기나! 우리 같은 가난뱅이 촌놈들은 우짜든지 옆눈 팔지 말고 코피 나게 공부하는 길밖에 없는 기라. 데모가 밥 멕여주나, 이 꼬락서니가 뭐꼬! 밥도 며칠 몬 묵었나 본데, 미안하데이. 용돈이라도 좀 쥐어주고 싶지만, 도피자금 댔다고 나까지 엮어서 때

려잡으면 우짜노. 국가의 녹을 먹는 공무원 신분이라서… 니가 이해해라. 난 이만 바쁜 민원이 있어서 실례한데이. 그라고 이건 부랄친구로서의 부탁인데, 누구한테도 나 만났다는 이야기하지 말거레이. 진짜 부탁이다.

쫓기듯 황급히 사라진다.
허종갑은 지나간 세월을 생각하면 서글픈 웃음만 나온다.

최숙자 혼자 무슨 재미난 생각을 하고 웃십니꺼?

허종갑 … 상락이, 이상락 말이야. 그땐 서울에서 야간대학을 다녔거든. 낮에는 구청 공무원으로 근무하면서… 지금은 환경운동가로 완전히 변했다며?

최숙자 생명운동가라카던데예. 고성 군수(郡守)하는 정판근 오빠는 만나봤습니꺼?

허종갑 (고개를 끄덕이며) 정 군수 상가에 문상 왔더군.

최숙자 세 분이 항상 붙어 다닌 죽마고우였지예?

허종갑 (소주를 입에 털어 넣고) 그래, 죽마고우… 오랜만에 고향에 오니까 참 좋다. 숙자를 만난 것도 아직 꿈만 같아.

최숙자 어릴 때 난간철 수문가 물살 센 갯바위에 붙어사는 굴도 따먹고, 합자(홍합)도 캐고, 질피밭에서 꼬막 잡던 생각도 나지예? 동네사람들 물때 맞춰 개발하러 나오는 거… 썰물만 믿고 해산물 잡는 데만 정신 팔다 밀물에 휩쓸리기도 하고….

허종갑 엊그제처럼 눈에 선하네. 어디 그뿐인가. 대나무 꺾어서 낚싯줄 달아 문조리(망둥어·꼬스라기) 낚던 시절에 뻔질나게 드나들던 이 낚시점 주인이 숙자로 바껴 있을 줄이야!

최숙자 팔자가 사나와서지예. 그땐 왜, 간판도 없이 그냥 난간철 낚시점이라고 부른 거 기억납니꺼? 지가 인수하면서 '속싯개' 표준말로 간판을 달았심더. 원래가, 속았다고 쏙시개 아입니꺼?

허종갑 (전공분야라고 괜히 신바람이 나서) 그래, 맞아. 간사지를 쏙시개라고도 하지. 임진왜란 때 왜군들이 쳐들어와 우리 거산리(巨山里) 아지매들한테 뱃길을 묻자….

최숙자 (짐짓 그 당시를 재현하듯) 계속 쭉 나가몬 고성 철뚝 앞바다는 물론이고, 통영 삼천포 남해까지도 다 연결됩니더!

허종갑 (생각만 해도 흥분된다고) 그래, 그렇게 속여서 막다른 물길을 가리켜주어, 이순신 장군이 대승을 거뒀지. 저 당항포 승리의 서곡이었던 셈이야. 우리 마을 선조 아지매들이 한몫 단단히 했어. 물론 우리 고성 지리를 정탐하러온 왜놈 첩자에게 술을 먹여 몰래 지도를 변조시킨 읍내 무기정 기생 월이(月伊)의 공도 크지만… 어쨌든 왜놈들은 우리 순박한 아지매들한테 완전히 속은 거야. (웃으며) 하하하… 멋져. 까마귀 떼 같은 왜군들이 흰옷을 입은 우리 아지매들한테 쏙았다고해서 쏙시개!

최숙자 (허종갑의 말씀은 공허하게 날리듯 무심코) 내도 쏙아서 쏙시개라예.

허종갑　속았어? 아니, 누구한테?

최숙자　(얄궂게 눈을 흘기며) 몰라예. 오빠한테 쏙아서 쏙시개는 아니니까 걱정 마이소.

허종갑　(한방 맞은 듯) 숙자야.

최숙자　신경 쓰지 마이소. 한세상 속고 속이면서 사는 게 우리네 인생이라는데, 다 지나간 옛날이야기 아입니꺼. 불장난이었지예.

허종갑　나도 늘 마음속에… 정말이야. 내가 어찌 잊고 살았겠나? 숙자와 이 간사지 쏙시개, 그리고 저기 저 거, 거류산(巨流山)도….

최숙자　거류산은 알고 있을 거구만. (허종갑을 똑바로 바라보며) 아직도 얼라를 낳아 갯가에 버리는 처자가 있다는 것도….

허종갑　(무슨 뜻인지 잠시 감을 못 잡다가) 미안해. 그때의 내 무책임을 생각하면… (최숙자가 애를 낳아 버렸던 사춘기 시절이 떠올라) 워낙 철없을 때라….

최숙자　(잔을 내밀며) 지도 한잔 주이소. 오빠 만나니까 웬지 마시고 싶네예. 사실은 가끔 거류산을 바라보면서 혼자 마시는 버릇이 생겼심더. 비라도 내리면 더 그렇고….

갈매기 울음소리.

최숙자　저 갈매기 벗 삼아서… (술잔을 비우고) 걸어가서 거류산이 됐다는 전설은 전설이 아닌기라예. (술잔을 놓으며) 현실이라예.

허종갑   … 무슨 뜻이야?

최숙자   내도 거류산이 걸어가는 거 몇 번 봤심더.

허종갑   (거류산을 바라보며) 산이 걸어가다니? 그건 전설이야. 옛날 옛적에 정지(부엌)에서 아궁이에 불 때던 가시내가 문득 산이 뚜벅뚜벅 걸어가는 걸 보고….

최숙자   (갑자기 외친다) "산이 걸어간다!" 방정맞게 부지깽이를 두들기며 소리치자 멈춰선 게 바로 저 거류산이라는 말씀이지예?

허종갑   (짐짓) 거류산은 예나 지금이나 그 자린데 뭘?

최숙자   아니라예. 사실이라예. (거류산 대신 허종갑을 똑바로 보며 확인이라도 하듯) 지금도 거류산은 걸어 다니고 있어예. 내 두 눈으로 똑똑히 봅니더. 하도 멀리 걸어가서 안 보인 적도 있었지만… (거류산 쪽으로 시선을 돌리며) 아닌 게 아니라 오늘은 언제 돌아왔는지 시치미를 떼고 그 자리에 우뚝 서 있네예. 저 여우가 오빠 오는 줄 알았나? 하지만 내게서 거류산은 언제나 걸어다니는 산인 기라예.

허종갑   (그때야 속뜻을 알아차렸답시고 최숙자의 손을 와락 끌어 잡으며) 숙자야! 그래, 내가 죄인이다.

최숙자   앙입니더. (손을 빼듯 떨어지며) 대책 없이 오빠를 좋아한 내가 죄인이지예. 전설 속의 그 가시내가 바로 나, 이 최숙자인 기라예. 결국은 태산 같던 오빠도 이렇게 내 앞으로 움직여 오지 않았는교?

허종갑 그래, 숙자의 마음은 태산도 움직일 수 있어. 하물며 저 거류산쯤이야… (짐짓 동심의 세계로 도망치고 싶어서) 거류산이야말로 우리들 마음속의 영원한 고향이 아닌가?

최숙자 오빠가 거류산 그 자체였지예.

허종갑 (더듬거리듯) 숙자야!

최숙자 오빠. 달밤에 오광대 탈 쓰고 이 간사지 뚝에서 춤추며 놀다가 오빠네 감골할매한테 들킨 거 생각납니꺼? (킥킥대듯 웃으며) 얼매나 놀랐던지, 하마터면 바닷물에 빠질 뻔했지예. 탈 때문이 탈이 나… (생각났다는 듯) 쪼맨 기다려보이소.

최숙자가 안으로 들어가자, 허종갑은 바닷물을 바라보며 잠시 옛날 생각에 잠기듯 한다. 할머니 감골댁의 고성농요 소리가 바람결인 양 추억처럼 아련히 살아나 들려온다.
모심기 노래 '점심 등지소리'다.

'더디다~ 더디다 점심채미가 더디다~
숟가락 단반에 세니라고 더디나
바가지 죽반에 끼니라고 더디나
미나리 챗국에 맛본다고 더디나
짜린치매 진치매 끄니라고 더디나
짚신한짝 메투리 한짝 끄니라고 더디나
작은에미 큰에미 싸운다고 더디나
삼칸집 모랭이 도니라고 더디나

동세야 동세야 한구네가자

요내 점심도 다되었네

후렴구 : 더디고~ 더디다 점심채미가 더디다'

최숙자가 안에서 들고 나온 건 양반탈과 작은어미탈이다.

최숙자 (양반탈을 내밀며) 오빠.

허종갑 … 그건?

최숙자 기억납니꺼?

허종갑 (양반탈을 받으며) 옛날 그 탈… 맞어?

최숙자 예, 고등학교 때 우리가 함께 쓰고 추던 바로 그 탈이지예.

허종갑 그걸 아직까지 간직하고 있다니….

최숙자 장롱 속 깊이… 아들놈도 모릅니더.

허종갑이 감동어린 얼굴로 양반탈을 써본다. 최숙자도 따라 쓴다.
두 사람은 누가 먼저랄 것도 없이 자연스럽게 탈춤을 춘다. 탈춤
과 더불어 시나브로 조명이 달밤으로 바뀌면서, 어느덧 옛날 그
난간철 시절 간사지 바닷가로 돌아가 있는 것이다.
감골댁의 농요소리와 젊은 남녀 한 쌍의 탈춤이 환상적이다.
탈춤이 절정에 이르자, 이들은 하나로 어우러진다.

허종갑 (이상락) 자야!

최숙자 갑이 오빠!

이상락　(양반탈을 벗으며) 숙자야!

허종갑이가 탈을 벗는데 보니, 이상락이다. 조명이 바뀌고 옛날로 돌아가는 과정에서 이상락이가 허종갑의 양반탈을 감쪽같이 바꿔 쓴 것이다. 그야말로 탈 때문에 탈이 난 셈이다.

최숙자　(놀랍고 무서워서 뿌리치듯) 아니, 이게 어떻게 된 거야? 안 돼, 상락이 오빠!

이상락　(입을 틀어막고 우악스럽게 덮치며) 종갑이는 지 할매를 보고 멀리 숨어삤다.

최숙자　(버둥대며 입이 막혀 마치 신음소리처럼) 으으음, 으ㅡㅁ!

달빛 아래 농요소리의 주인공 감골댁이 모습을 드러내며 이들을 먼발치에서 어렴풋이 보고 소스라치게 놀라며 숫제 못 볼 것을 봤다고 눈부터 감는다.
그새 남녀는 갯바위 뒤로 밀려서 보이지 않는다.

감골댁　(눈을 감은 채 비손을 하는 모습이 차라리 코믹하다) 비나이다, 비나이다, 용왕님께 비나이다. 처용이와 각시가 달밤에 소풍 나온 건 좋으나, 제발 사랑놀음만은 안방에 가서 하도록 되게 좀 머라카이소. (그래도 궁금한지 눈을 조심스럽게 가만히 뜨니 아무것도 보이지 않자) 내가 헛것을 봤나?

감골댁이 고개를 갸우뚱거리다가 일순 덜컥 겁이 나서 무서움을 떨쳐버리듯 우정 큰소리로 점심 등지소리를 한다.

'더디다 더디다 점심채미가 더디다〜'

암전.

2

암전 중에도 계속 들리는 농요, 무대 다시 밝아지는데 보니 달밤에 옛 간사지인 '난간철' 바닷가 한쪽에서 예의 그 감골댁이 부르고 있다. 농요는 바꿔져 '물레소리'다.

'셍기주소 셍기주소 딸캉겉이만 셍기주소~'

허월당이 나타나 헛기침을 내고 조심스레 다가온다.

허월당 숙모님, 밤이 깊었심더. 그만 들어가시지예.

감골댁 와, 내 소리가 시끄러버 잠이 안 오더나?

허월당 그게 앙이고, 저….

감골댁 또 그 소리 할라꼬? 내는 허락 몬한다. 내 눈에 흙이 들어가기 전에는 택도 없데이. 와 하필이면 이 좋은 우리 문전옥답을 파서 바다를 막는단 말이고? 거류산도 있고 독메산도 있는데… 저 산들을 허물어서 둑을 쌓고 막으면 될 거 앙이가?

허월당 당국에서 하는 말이 산흙은 워낙 토질이 안 좋고, 숙모님 논은 찰기가 있어서….

감골댁 당연하제. 거산리, 아니 고성군에서도 제일 좋은 상토니까. 소출이 남보다 배나 더 나오는 땅인 기라. 몬한다, 나는 절대로 몬한다카이!

허월당 예부터 자기 땅으로 사람들이 많이 오가는 다리를 놓으면

자손대대로 복 받는단 말이 있심더. 땅을 파내도 지대가 좀 낮아질 뿐 농사짓는 데는 별 지장이 없답니더. 보상도 충분히….

감골댁　보상, 보상! 그런 말 하지 말거레이. 월당조카, 자네는 도대체 누구 편이고? 이 홀로 된 숙모를 도와주지는 못할망정, 저놈들 앞잡이 짓이나 해쌓고….

허월당　아니 숙모님, 앞잡이 짓이라니요? 저는 단지 우리 마을사람 모두의 이익을 위해서… 제방공사가 벌어지면 공사판에서 일도 할 수 있고, 무엇보다도 바다를 제대로 막아야 마산, 부산 가는 길이 그만큼 단축되고 편리해진다 이 말씀입니더. 사라호 같은 태풍의 길목인 간사지 뚝을 단디 막고 수문을 제대로 만들면, 엄청난 갯논이 생깁니더. 지도가 확 바뀐다 앙입니꺼.

감골댁　내사 마 어러븐 소리 잘 모른다. 종갑이 애비는 머라카더노?

허월당　행님도 좋다캤심더. 숙모님한테만 잘 말씀드리라고….

감골댁　그놈이 언제 인간이던가베? 노름밑천 생겼다고 쌍수 들어 반겼을 낀데! 조카 자네도 잘 알제? 이 논이 어떤 논이라카는 거? 니 숙부가 뼈 빠지게 고기잡이 물질해서 산 땅 앙이가? 그렇게 호락호락 내놓을 수는 없데이. 절대로 안되는 기라!

허월당　숙모님, 다른 논 주인들은 이미 다 도장을… (혼잣말처럼) 기왕 이리 된 거 제발 흙값이나 많이 받도록 하시는 게…

(조금은 큰소리로) 보상금 많이 받아드리겠다는데, 뭐가 문젭니꺼?

감골댁 돈이 문제가 앙이다카이. 아직도 내 말 몬 알아듣겠나? 이 논 살라고 니 숙부가… 논이 앙이라 목심(목숨)인기라, 목심! (벌렁 드러누우며) 공사가 시작되몬 내사 마 논바닥에 이렇게 누워버릴 끼다. 알아서들 맘대로 해라 캐라. 날 죽이고 흙을 파가든지 말든지!

허월당 (일으켜 세우며) 숙모님!

감골댁이 일어나면서 밉다고 그만 허월당의 손을 물어버린다.

허월당 아, 아야.

감골댁 (두 다리 쭉 뻗고 바다를 향해 땅을 치며 통곡하듯) 종갑이 할배요, 죽었능교 살았능교. 죽었으면 시체라도 떠오르고 살았으면 얼굴이라도 좀 보여주소. 영감이 바다에서 번 돈으로 산 금쪽같은 우리 문전옥답, 영판 날아가게 생겼소. 억울하고 분통 터져 눈뜨고는 못 살것소. 보이소, 종갑이 할배요! 내 말 듣고 있는 기요, 안 듣고 있는 기요? 대답 한번 해보이소!

허월당이 난감하여 하늘을 바라보는데, 파도소리와 밤갈매기 소리만 끼르륵 운다.

암전.

3

무대 다시 밝아지면, 낚시점 '속싯개'다.
허종갑과 최숙자, 1장과 그대로 연결인 것이다.

최숙자 지는 오빠 할매가 그렇게까지 했는지 몰랐심더.

허종갑 어릴 때라 우린 잘 몰랐지. 나도 뒤에 들어서 아는 이야기
니까.

최숙자 그저 달밤이면 간사지에 내려와 소리하시던 기억만… 무
슨 한이 많아 저러실까 했지예.

허종갑 이래저래 우리 할매도 이 간사지 바닷가에 자주 나오셨지.

이때부터 할머니 감골댁의 농요소리가 다시 살아나 저 멀리서 아
련하게 들려오기 시작한다.

허종갑 초상집에서 여기까지 뚝을 쭉 밟고 오는데, 할머니 농요
소리가 갯바람을 타고 끊임없이 들려오는 거라. 할매는
진짜로 논바닥에 누우셨지만 아부지가 달랑 들어서 안방
으로 모셨다는 게야. 그대로 몸져누우셨지, 화병으로! 그
새 장비가 들어와 간사지 현장까지 흙을 나르는 흙차 레
일이 철로처럼 깔리고… 흙차를 '칙구르마'라 불렀는데,
아마 일본말일 거야. 인부로 일하던 상락이 아부지가 그

칙구르마에 깔려 돌아가신 것도 그때 일이지. 하루아침에 조용하던 갯마을에 낯선 외지 사람들로 북적대고, 그야말로 공사판이 벌어진 거라.

최숙자　대단했었지예.

허종갑　밤이면 밤대로 공사판 사람들과 마을 사람들이 서로 어울려 노름하느라 정신없었고. 흙을 판 사람들의 돈을 노린 전문 노름꾼까지 달라 붙어서….

최숙자　낮에는 공사판, 밤에는 노름판! 판판! 판판이 재밌다, 호호. 오빠네 아부지도 당했것제예?

허종갑　그 논흙 판 돈은 물론이고 빚까지 내어 끝까지 달라붙었다가, 결국은 논까지 아예 팔아서 빚잔치에 패가망신하고… 그 사실을 뒤늦게 안 할매가 달밤에 터벅터벅 간사지로 내려가시더란 거야.

최숙자　우야몬 좋노.

허종갑　달이 지도록 소리를 하시다가 새벽에 그쳤다는데, 아침 일찍 물질 간 사람들에게 발견되었을 땐 이미 시체가 돼서 바다 위에 둥둥 떠 있더래.

최숙자　불쌍해서 우짜노.

허종갑　할맨 그렇게 할배 곁으로 가셨어. 그래서 우리 집이 여길 떴던 거야. 아버진 죽어서도 고향에 못 돌아오시고… 다 내 때문인 기라. 군사독재 유신 반대니 해서, 데모에 열 올리다가 수배자 신세가 되어 숨어 다니는데, 아버지마저 그렇게 돌아가시고… 게다가 숙자까지 결혼했다는 소식을 전해 듣고는 아예 고향을 송두리째 다 버린 거야.

최숙자 그러는 사이 내 속이 새까맣게 타 숯검정이 된 줄도 모르고… 오죽했음 내 눈에 거류산이 다 움직일까, 움직이는 게 다 보일까! 내는 오빠가 그렇게까지 된 줄도 모르고… 훌쩍 떠나서… 편지조차 없는 오빠가 너무도 야속했어예.

허종갑 (내가 배신한 줄 알았겠구나 싶어서)….

최숙자 대학생 되더니 예쁜 서울 아가씨 만나… (목소리를 높여) 하모, 그래서 결혼했지예! 오기로 확 했는데… 결국 의처증 술주정뱅이를 만나 돌처가 된 기라요.

허종갑 돌처… 라니?

최숙자 돌아온 처녀 말입니더. 아니제, 광일이를 낳았으니 돌처는 아니네예. 마음만 돌처고 몸은 돌싱이라고나 할까예. (사이) 서방인지 남방인지 그 인간이 오빠하고 사건 소문을 어디서 주워듣고 술만 퍼마시면 어찌나 포악을 부리던지….

허종갑 (적당히 표현할 말을 못 찾다가)… 나를 많이 원망했겠구나?

최숙자 원망이라고 했습니꺼? (서글피 웃고) 오빠 얼굴을 처음 보는 순간 간사지 바닷물처럼 다 풀렸어예. 그러고 보면 나도 참 바보 멍텅구리야. (생각할수록 더욱 서글프다고) 호호호.

이상락이 등장한다. 막상 두 사람을 보는 순간 이상락의 머릿속엔 많은 생각들이 주마등처럼 얽힌다.
그것을 정리하듯 짧은 순간 얄궂은 감회에 젖는다.

이상락　(복잡한 감정을 감추듯 짐짓 큰소리로) 마, 그림 좋다!

최숙자　어서 오이소.

이상락　여기 있는지 알았다카이. 오랜만에 만나 둘이서만 오붓이 한잔하는가베?

허종갑　(유머로) 그래, 자넨 의리 없이 아직도 훼방꾼 노릇을 할 텐가?

이상락　(새삼스럽게) 맞다, 니들 첫사랑이제? 모처럼 회포라도 좀 풀었는가?

허종갑　(과장스럽다 싶을 동작으로 더욱 활기찬 유머) 자네가 나타나는 바람에 김샜다, 우짤래? 스팀 아웃!

최숙자　(입담 좋은 아줌마로 돌아와서) 왜 또 이래쌓습니꺼? 상가에서 음식 잘못 먹은 거 있는교?

이상락　너희들 연애질은 삼동네가 떠들썩하도록 유명했었제. 안 그런가, 친구야?

허종갑　상락이 너도 우리 최숙자 여사님 꽁무니를 꽤나….

이상락　내사 마 짝사랑만 한 기라.

허종갑　짝사랑이 참사랑이라는 말도 있어, 이놈아.

최숙자　참말로 누구 혼삿길 막을 일 있는교?

이상락　또 시집갈락꼬?

최숙자　이 돌싱과부 시집금지특별조치법이라도 내렸습니꺼?

이상락　(짐짓) 간사지 바닷가에 처박혀 사는 촌무지렁이 끗발로는 그런 고급정보 잘 모른다. 허종갑 오빠한테 여쭤보거라이. 내사 마 이 친구 앞에만 서면 몽창시리 작아지는 기라.

최숙자 종갑이 오빠가 저 거류산보다도 더 높게 보이는가베예?

이상락 하모, 하모… 쏙시개보다도 더 깊게 엎드려지는 기라. (잔뜩 폼을 잡고 유행가 노래를) ♪ '그대 앞에만 서면 왜 나는 작아지는가~'

허종갑 야야, 이리 와. 그만하고 술이나 한잔 받아라.

이상락 응야, 오랜만에 부랄 친구끼리 한잔하자. (술 한 잔을 받아 입에 털어 넣고) 그래, 무슨 다정한 이바굴 하고 있었노?

최숙자 (짐짓 수다스레) 뻔하지예. 오랜만에 만났으니까 소싯적 이야기나 하면서 한잔 박치기하고 있는 기라요. (술잔을 비우고) 베리 굿, 직인다. 기분 좋다 이 말 아닌교.

이상락 하모하모, 오죽하겠노. 혹시 숙자 너… 진짜 종갑이 오빠하고 사귄 게 탄로나서 이혼당했다면, 유전자 검사 한번 해봐야 되는 거 앙이가?

최숙자 하이고 마, 이 오빠 말하는 것 좀 보소. 이혼을 누가 당해요, 내가 축구 볼처럼 뻥 차버렸는데? 그라고 유전자 검사라면, 누구 말인교?

이상락 누군 누고, 최숙자 여사님 아들… 박광일인지, 허광일인지도 모르잖아.

허종갑 이 사람이! 술을 입에 대자마자, 벌써 취했나?

이상락 상갓집에서 마신 술이 아직 덜 깼다, 와?

최숙자 (허종갑을 힐끔 보고) 내 아들은 박광일이도 허광일이도 아니라예. 최광일이인 기라요. 이 최숙자의 아들 최광일!

허종갑 어허, 이 사람들아! 아무리 스스럼없는 사이라도 말조심하게. 애가 들어오다가 듣기라도 하면….

이상락　그래, 맞다, 다 쓸데없는 소리제. 자자, 청승 그만 떨고… (거류산을 한번 보고 문득 생각났다는 듯) 내 종갑이 니한테 실험 하나 해도 되겠나?

허종갑　생체실험만 아니라면 얼마든지….

이상락　(거류산을 향해 벌떡 일어나 찬송가를) ♪ '저 높은 곳을 향하여 ~'

최숙자　와, 오늘 레파토리 다양하다. 교회 나가는교?

이상락　(손을 내젓고 거류산을 가리키며 외치듯) 저 높은 곳을 향하여! 이 말을 순수한 우리 고성 토박이 표준말로 해봐라. 여기 토종이 맞는지 테스트 좀 해보자.

허종갑　내가 여길 떠난 지 얼만데….

이상락　누구는 안 떠나봤나?

최숙자　(대뜸) '저 먼다를 전자서'!

이상락　(박수치며) 역시 숙자다. 간사지 지킴이는 어디가 달라도 달 라요. 저 먼다를 전자서! 진짜로 고성사람들만 통할 수 있 는 말이다. 몬 알아 들으면 간사지 사람 앙이다.

허종갑　(말맛을 음미하듯 조용히) 저 먼다를 전자서….

최숙자 · 이상락　(확인시켜주듯 동시에 큰소리로) 저 먼다를 전자서!

허종갑　(추억을 더듬듯) 저 먼다를 전자서~. 나는 상락이 자네가 출 세하여 땅땅거리고 잘 살 거라 생각했었다?

이상락　땅땅은커녕, (기침) 병만 얻어서….

최숙자　(이상락을 의식하면서 말은 허종갑에게) 그래서 오빠는 대학 가자마자 데모꾼으로 난리블루스를 쳤어예? 빨갱이로 몰리면서까지!

이상락 (허종갑의 손이라도 잡을 듯) 그때는 미안했데이. 도와주지 못해서… 무슨 놈의 공무원 짓을 천년만년 해먹을 거라고… 뇌물수수죄 누명을 뒤집어쓰고 쫓겨나 부산에 내려가서 사업을 벌였다만, 그것마저 다 들어먹고 이렇게 낙향 신세로 몰락할 줄 모르고… 용서하거라이.

허종갑 이 친구가, 새삼스럽긴. 다 지난 일이야. 한갓 젊은 날의 초상화를….

이상락 일그러진 초상화니까 그라제. 따져보면, 귀농을 결심한 것까지도….

최숙자 (분위기를 바꾼답시고) 자자, 매상 좀 올립시다. 한잔씩 하면서 이바구도 나누이소.

이상락 종갑이한테도 돈 받을 끼가?

최숙자 생명운동가가 있는데, 무슨 걱정이라예.

이상락 응야, 술은 내가 낼 꺼마. 걱정 붙들어 매거라이. 대신 술값은 정 군수가 줄끼다. 정 군수 앞에 달아 놓거레이.

최숙자 머시라꼬예?

이상락 정 군수가 바빠서 여기 몬 온 죄로 그리하락꼬 했다, 마.

최숙자 (웃자고) 외상값이나 좀 갚으이소.

허종갑 야야, 내가 낼게, 내가 낼 거마. 너 외상값까지 다….

최숙자 아이, 됐어예. 안 받아예.

이상락 마, 치아삐라. 그깟 술값이야 누가 내든, 그렇잖아도 정 군수가 담당직원한테 너를 좀 수소문하도록 지시할 참이었다 카더라.

최숙자 월이제(月伊祭) 때문이제예?

허종갑 월이제? 아니, 임진왜란 때 무기정 기생… 그 월이?

최숙자 참 이상하제예. 월이제 월이제 하니까 말인데, 요 며칠 사이에 내가 참 얄궂은 꿈을 계속해서 꾸는 기라예.

이상락 무슨 꿈인데? 월이 꿈이라도 꾼단 말가?

최숙자 글쎄, 월이제인지 뭔지는 확실히 몰라도 사람들이 마이(많이) 모인 큰 행사장은 분명한데, 갑자기 하늘에서 갑옷 입은 옛날 장수가 내려와 큰 바위 고인돌 위에 서서 사람을 제물로 바치라고 호령호령하는 기라예. 저기 오빠네 옛 논 한가운데 그 원래 모습대로 독야청청 우뚝 남은 고인돌… 지는 당연히 안 된다고 앙탈을 부리다 잠을 깨곤 했어예. 이상하지예? 불길한 징조는 앙인지 모르겠심더.

이상락 불길한 징조긴, 종갑이 만나서 그라제. (은근히 가시가 있게) 혹 시집 갈 꿈인지 누가 아노?

최숙자 (샐쭉해져 눈을 흘기며) 됐어예. 갑이 오빠는 고향에 오자마자 선산 말고는 고인돌부터 찾았겠네예.

허종갑 (고개를 끄덕이며) 할머니 생각에… 어제처럼 눈에 선하네. 가을 나락이 익으면 어린 나를 고인돌에 앉아 놀게 하고 새떼를 쫓으시던 모습이! (감골댁 할머니 모습을 떠올리며) 휘어이, 휘이~.

이상락 종갑이 너네 논 땅 파서 간사지 둑 막을 때도 고인돌만은

손대지 않았제. 옛 그 자리 그 모습 그대로 우뚝 남긴 셈이지. 군 문화재 유물 보존에서랄까? 아무쪼록 고인돌의 주인공답게 우리 고성 향토문화콘텐츠 차원에서라도 이번 월이제 역시 한번 발 벗고 멋지게 뛰어주게나. 자네가 얼마 전에 고성신문에 기고한 글을 읽었데이. 읍내 철뚝에 새로 생긴 다리를 언제부턴가 영화 제목을 따서 '콰이강의 다리'라고 제법 낭만적으로 부르는데, 그럴 게 아니라 차라리 '카이강의 다리'! 이리 부르자고 제안한 거.

최숙자 역시 종갑이 오빠다운 발상이다 카이. 반짝반짝 빛나는 신선한 아이디어. 우리 고성 사투리, 그 카이! 한다 카이, 먹는다 카이, 죽는다 카이, 사랑한다 카이, 카이 카이 그 카이… 카이강의 다리!

이상락 철로도 없는 철뚝길, 카이강의 다리!

최숙자 자자, 이 대목에서 한잔 또 박치기하입시더! 오랜만에 만났는데 단순 무식하게 코가 비뚤어지도록 한번 마셔보입시더.

이상락 하모, 좋다. 취해보세나.

세 사람이 호기 있게 술잔을 부딪친다.

허종갑 마신다카이!

이상락 (잔을 비우고) 취한다카이! 자, 천둥벌거숭이 자연으로 돌아가자! ('거류산' 작곡한 노래로) ♪ '거류산 계곡에서 해지는 줄

모르고 물장구치며~'

최숙자   신곡인교?

허종갑   (후렴으로) ♪'물장구치며~'

이상락   ♪'즐겁게 뛰놀던 (허종갑·최숙자, 두 사람이 후렴으로 '즐겁게 뛰놀던~') 그 시절이 그리워~' (두 사람이 후렴으로 '그리워~') 멍멍!

최숙자   깨갱!

이상락   ♪'그 시절이 그리워~'

허종갑   ♪'애들아 나와라 달 따러 가자 장대 들고 망태 메고 뒷동산으로~ (이상락이 가세하며) 거류산(뒷동산을 바꿔) 올라가 무등을 타고~'

어느덧 최숙자를 가운데 두고 세 사람이 어깨동무를 하며 어릴때 함께 부르던 동요를 합창하는 것이다.
노래 마지막에 세 사람의 망가진 모습을 보여줘도 상관없겠다.
박광일이 돌아와서 그로서는 무척 낯선 풍경을 보고 어리둥절해한다.

박광일   (다시 나가려다가 돌아서서 헛기침을 내고 최숙자에게) 다녀왔심더. (모두들 쳐다보자 마지못해 두루) 안녕하십니꺼?

그때야 비로소 세 사람이 각자 제 위치로 돌아간다.

이상락   어서 온나. 광일아, 니 정식으로 인사했나?

최숙자   (왠지 어색하게) 인사해라, 광일아. 미옥이 재종오빠시다.

박광일   말씀은 많이 들어본 것 같네예. (고개 숙여 인사하며) 박광일 임더.

허종갑   (어깨를 두들겨주며) 그래, 우리 구면이제?

박광일   야, 아까 나갈 때예….

최숙자   그것도 만난 거라고!

이상락   옷깃이 스쳐도 인연이라더니… 그야 우쨌든, 정 군수, 니 어무이, 우리 네 사람 다 고등학교 때 오광대 탈춤반 출신들 앙이가. 정 군수는 말뚝이, 이 종갑이 아제는 양반….

최숙자   쉰네는 작은어미요.

이상락   소인은 (문둥이 탈춤 시늉을 하며) 문디!

허종갑   (광일이에게) 그래, 광일이는 무슨 탈바가지를 썼노?

최숙자   초랭이, 초랭이 방정!

허종갑   그거 좋제.

박광일   어무이, 도치 아제 안 다녀갔는교? 집에 오다 보이까네 도치 아제가 뭔가를 들고 독메산에 올라가 땅에 파묻고 있던데예? 뭘 태우는지 연기도 나고….

최숙자   도치 아제가? 여기는 안 들렀는데? (집히는 데가 있어) 야아 야, 퍼뜩 갯가에 내려가 보거레이.

이상락   와, 무슨 일이 있었나?

최숙자   (무심코 허종갑의 눈치를 살피고) 아무것도 앙입니더. 광일아, 내려가 보라카이. 니, 엄마하고 약속했제?

박광일　　아, 알았심더.

　　　　　박광일 나간다.

이상락　　갯가에 뭐가 있었는데?

최숙자　　마, 남자들은 몰라도 됩니더.

이상락　　그라니까네 더 궁금해지네.

허종갑　　글쎄 말이다. 되게 궁금하네?

　　　　　박광일 들어오며.

박광일　　없어졌심더. 안 보이네예. 내가 치울라 캐도 그게 감쪽같
　　　　　이 사라진 기라예. 내 탓 앙입니더!

최숙자　　며칠째 떠 있던 게 갑자기 파도에 떠밀려갔을 리도 만무
　　　　　하고….

　　　　　허미옥이 흰 상복을 입고 퀭한 얼굴로 나타난다. 마치 혼령이 나
　　　　　타난 것처럼 무게감 없이 가뿐하게 느껴진다. 박광일은 왠지 허
　　　　　미옥의 눈길을 피한다. 이상락이 허미옥을 외면하는 건 뜻밖이다.

허종갑　　미옥이 앙이가? 쟤가 여길….

　　　　　최숙자가 먼저 달려가 손을 잡고.

최숙자　아이고마, 얼굴 상한 것 좀 보소. 홀로 된 아버지를 보내놓고 얼마나 상심했으면… 마음 굳게 먹고, 산 사람은 살아야제. 인간은 누구나 날 때부터 저 머시기냐, 사형수라 하지 않던가베?

허종갑　그래, 누구나 죽으려고 태어난 인생인 기라. 어차피 한 번은 가는 길, 조금 빠르고 늦는 차이뿐이다.

이상락　(일부러 위로하며 다정한 체) 삼우제 때까지 집에서 좀 푹 쉬지 않고 무슨 볼일이 있다고 여기까지 내려왔노? 함께 월이제를 준비하시다가 갑자기 돌아가셔서 나로서도 맘이 너무 아프다.

허미옥　(허종갑에게) 오빠, 용서하이소.

허종갑　용서는 무슨, 내가 외려 너하고 당숙한테….

허미옥　제가 잘못했심더, 죽여 주이소. 내 죽을죄를 지었심더.

허종갑　너가 무슨 잘못이 있다고… 아버지 장례를 치루느라 피로가 쌓인 모양이구나. 집에 올라가서 좀 쉬거라.

허미옥　용서하이소, 전 죄인입니더. 제가 죽였심더.

　　　　최숙자는 허미옥이 어째 제정신이 아닌 것 같다고 의아하게 바라보며 고개를 가우뚱거린다.

허종갑　인명은 재천인데, 누구의 잘잘못을 따지겠노? 그리 따지면, 나도 한몫한 셈이제.

허미옥　(눈물을 비치며) 아임니더, 모릅니더… 지가 죽일년입니더.

(갑자기 이상락을 노려보며 멱살이라도 잡을 듯) 살인자라예. (그러나 돌아서며 실성한 듯) 호호호….

이상락   저 아가 나한테 와 이라노? 완전히 미쳐삔 거 앙이가!

이때 허도치가 삽을 들고 등장하다가 허미옥을 보고 달려온다.

허도치   아니, 야아가 몸도 안 좋은데 간사지까지 와 내려왔노? (허미옥을 붙든다)

허미옥   (정신이 더욱 헷갈리는지 이상락을 보고) 이거 놔라, 놔. 내 아이 돌려도. 내 얼라 어쨌노? 불쌍한 내 새끼 내놓으란 말이다, 이 나쁜 놈아!

허도치   (사람들을 의식하고) 옥아, 집에 가자. 제발 내 말 좀 듣거레이.

허미옥   (무서운 힘으로 밀치며) 내 얼라 안 내놓을 끼가!

허도치는 나가떨어진다. 허종갑이 달려가 허도치를 일으켜 세운다.

허종갑   다친 데는 없심니껴?

그러든 말든 허미옥은 돌연 이상락에게 다가가 '퉤엣!' 침을 뱉고 천천히 퇴장한다.

이상락   저, 저게… 저년이, 완전히 돌았다카이!

허미옥   (완전히 실성하여 헛소리하듯) 아가야, 우리 아가야, 어디 갔노… 아가, 악아….

허도치　옥아!

허종갑　미옥아!

최숙자　얌전한 처잔데 우짜다 저리…?

이상락　미쳤어, 돌았다카이.

허도치　그라모 옥이가 우째 제 정신이것노? 저러다 괜찮을 끼다.

박광일　(어른들의 눈치를 보다가) 제가 따라가 보겠심더.

최숙자　그래 그래, 가봐라.

박광일이 허겁지겁 뛰어서 퇴장한다.

허도치가 숨을 고르고 나서 평상에 앉으며.

허도치　술 한 잔 도고.

최숙자가 따라준다.

허종갑　아제, 무슨 일이 있었습니까?

허도치　(소주를 입에 털어 넣고) 일은 무슨 일이고? 가만있거라, 쟈가 혹시… 내가 이러고 있을 때가 아니구만. 쫓아가 봐야제.

최숙자　광일이가 따라갔심더. 한잔 더하고 가이소.

허도치　술이 문제 앙인기라.

허도치가 허둥지둥 퇴장한다.

허종갑 그런데, 무슨 일이야? 기어이 정신을 놓친 겐가? 왜 저러지? 우리도 가봐야 되는 거 아닌가?

이상락 별일 아니겠지, 뭐?

최숙자 광일이가 갔으니까 무슨 일 있음 연락할 낍니더.

허종갑 광일이 엄마는 뭐 좀 아는 게 있는 것 같은데? 갯가에 뭐가 있었는데?

이상락 남자들이 알면 안 된다 캤잖아?

허종갑 (최숙자에게 재촉하듯) 엉?

최숙자 (굳이 숨길 필요 없다고) 어떤 미친년이 얼라를 낳아서….

이상락 얼라를?

이상락이 천천히 먼산바라기를 한다. 허종갑의 얼굴과 묘하게 대비되듯 의미심장하다. 최숙자는 아예 두 남자의 시선을 피한 자세다.

암전.

4

무대 다시 밝아지면, 허미옥과 박광일, 김영철이 간사지 주변을 탐사하고 있다. 모두들 풀꽃과 돌멩이 따위를 열심히 줍고 채집하는 동작들이다.

박광일 (말라붙은 걸 들고) 이기 뭐꼬?

허미옥 우와, 진짜로 신기하데이.

김영철 (받아서 살피다가) 똥 아이가!

속았다고 말라붙은 똥을 멀리 던져버린다. 박광일과 허미옥은 김영철을 속여 먹었다고 괜히 좋아한다. 김영철은 짐짓 골이 났답시고 씩씩거리는 그 모습들이 마냥 즐겁기만 하다.

허미옥의 옷차림이며 몸매가 조금은 도발적이다. 그녀의 손에는 이름 모를 들꽃이 들려 있다.

박광일 이건 공룡 발톱 아이가!

허미옥 (짐짓) 영철아, 궁금 안 하나?

김영철 (두 번 속을까 보냐고) 또 똥이제?

그들의 정신적인 촌장 이상락이 카메라를 목에 걸고 나타난다.

이상락	뭐 좀 찾았나?
허미옥	촌장님, 이 간사지의 이름 모를 들꽃과 풀꽃, 돌멩이, 조개 껍질 따위가 그리도 중요합니꺼, 촌장님?
박광일	하모, 간사지에서만 서식하고 찾아볼 수 있으니까 중요하제.
김영철	(유머스레) '우리 것은 소중한 것이여!' 그렇지예, 촌장님?
이상락	그래, 간사지와 함께 영원히 사라진다고 한번 생각해 보거라. 이 세상, 지구상에서 영원히… (마음의 소리인 양) 마치 나처럼!
김영철	네?
이상락	(도리질하고) 아니, 풀뿌리·돌멩이 하나하나가 정말로 다 생명처럼 소중한 기라. 그런 생각도 없이 나를 따라다니는 기가? (함께 붙어 있는 허미옥과 박광일을 가리키며) 너들 설마 연애질할라고 이라는 건 앙이것제?
허미옥	(내숭떨며 펄쩍 뛰듯) 옴마나, 촌장님도!
김영철	(셋이서 사진 찍듯 하자) 지는 와 빼놓습니꺼? 불꽃같은 환상의 삼각관계!
이상락	니는 유부남 앙이가.
김영철	무늬만 유부남이지예.
이상락	법적으론 엄연히 유부남이데이. 각시가 지금이라도 돌아오면 우짤끼고?
김영철	도망간 여편네 기다리다가 새장가도 못 들게 생겼심더.
허미옥	(이상락에게) 그나저나, 멀쩡한 간사지는 와 또 없어지는

데예?

박광일 참, 그런 소문도 들리던데, 사실입니꺼?

이상락 공식적인 발표가 없으니까네, 조금은 더 기다려봐야제.

박광일 사실로 드러나면 우리가 나서야겠지예?

허미옥 지금부터 간사지 지키기 캠페인이라도 벌여야 되는 거 아입니꺼?

김영철 여차하면 우리 오광대 청년회와 영원한 촌놈들인 영촌이 앞장서서 반대시위에 나서야지예. 온몸으로 막아야 합니더. 누구는 월이가 변조해 그린 지도대로 간사지와 철뚝 사이 육지를 뚫어 운하를 만들면 좋겠다던데예.

허미옥 저도 그런 말 들었심더. 이름도 '월이운하'라 짓고 역사관광지로 개발하면… 거류산은 졸지에 섬이 되어 거류산이 아이라 거류섬이 되것지예?

박광일 산이든 섬이든, 그건 좀 그러네… 다른 지역에선 섬과 육지를 연결시키려고 다리를 못 놓아 안달인 세상인데, 안 그래?

이상락 예부터 우리 고성은 항상 식수가 문젠 기라. 식수용 저수지 마동호를 만들어 우리도 자급자족하자는데 우짜겠노. 우리 간사지에서도 쌍발이처럼 공룡 발자국이 있고, 공룡 알 화석도 발견됐다는 기라. 이 간사지가 물속으로 사라지기 전에 꼭 찾아야 할!

박광일 (짐짓) 영철아, 그라몬 이러고 있을 때가 앙이다. 한군데라도 더 찾아보게, 당장 출발!

짐작이 가는 데라도 있다는 양 박광일은 김영철을 이끌고 의기양
양하여 당장 퇴장하려 한다.

허미옥 (뒤따르며) 니들끼리만 어디 갈라꼬? 같이 가자.

박광일 두호 머릿개 갯바위가 미끄럽고 험해서 여자는 쪼매 그
렇다.

김영철 퍼뜩 찾아보겠심더, 촌장님요.

이상락 그렇게 퍼뜩 찾아질 물건인지는 모르겠다만, 아무튼 니들
은 그쪽을 둘러서 오고 우리는 이쪽으로 해서 쭉 훑어갈
모양이니까, 나중에 너거 쏙시개 점방에서 만나자.

박광일 (물러가며) 예, 나중에 보입시더!

김영철 (박광일과 함께 움직이며) 열심히 찾아볼께예.

두 젊은이가 퇴장할 듯하다가 돌아서서 다른 외딴 장소로 이동한
다. 물론 박광일과 김영철은, 이상락과 허미옥 쪽에서 서로 볼 수
없는 곳이다.
이때부터 관객은 두 장면을 동시에 보는 셈이다.
박광일과 김영철이 사라진 방향을 확인이라도 하듯 바라보던 이
상락은 짐짓 생각났다는 듯 허미옥에게 고개를 돌린다.

이상락 우린 하던 거나 계속하자.

허미옥 예, 촌장님.

두 사람은 탐사를 계속한다. 이상락은 '거류산' 휘파람을 불며 사진을 찍기도 한다. 허미옥이 허리를 굽혀 뭔가를 관찰하려는 동작으로 돌아가자, 이상락이 그녀 엉덩이에 카메라를 조준한다.

이상락 마, 니도 한번 박자. 이 간사지 돌멩이와 조가비, 풀꽃이 아무리 예쁘기로서니 미옥이보다야 낫겠나? 자, 폼 한번 멋지게 잡아바라.

허미옥 (얼떨결에 기분이 좋아 폼을 잔뜩 잡으며)… 됐십니꺼? 기왕이면 잘 박아 주이소.

이런저런 폼을 잡으며 두 사람은 사진을 찍느라 정신이 없다.
그러는 사이 한편에선 김영철이 박광일을 파도소리 시원한 갯바위에 데려가 걸터앉았다.

김영철 우리 공룡 발자국 찾으러 온 거 앙이가?

박광일 그런 기 있었으면, 옛날에 벌써 누가 찾아도 다 찾았겠다? 니 나하고 둘이서 이야기나 하고 싶다며?

김영철 그래, 친구라고 너밖에 더 있나? 정말 답답해서 미치겠는 기라. 내는 우짜면 좋겠노? 빚도 빚이지만, 여자한테 배신 당한 게….

박광일 그렇다고 우짜것노, 찾아보는 데까지 더 찾아봐야제. 연변 처갓집에 연락은 해봤다나?

김영철 되레 자기네 귀한 딸 찾아내라고 난리치더라. 당할 재간이

읎다. 농약 먹고 자살한 노총각이 남의 일 같지 않다카이!

박광일 씰데없는 소리 말거라. 너는 우리 마을 농어촌 후계자 앙이가!

김영철 (떨어지며) 너는 어떻게 할 끼고?

박광일 멀(뭘)?

김영철 미옥이 말이다.

박광일 글쎄, 아비 없는 후레자식이라고 미옥이 아부지가 허락하겠나?

김영철 요즘 세상에 누가 부모 말 듣나? 내 꼴 나기 전에 미옥이어서 확 나꿔채거라.

그때 사진을 찍다 말고 이상락이 사진기를 떨어뜨리듯 내려놓으며 허미옥의 손을 와락 잡아끈다.

허미옥 (손을 빼며) 아파예, 놓으이소.

이상락 (갑자기 돌변하듯 잡은 손에 힘을 주어 구석진 곳으로 이끌며) 자(숙자)야, 같이 가자. 사랑한다! 제발 나도 한번 좋아해 주거라. 응, 자야!

허미옥 (놀라서) 촌장님, 갑자기 와이랍니꺼? 지는 자야가 아니라 옥인기라요, 옥이. 미옥이, 허미옥!

이상락 (막무가내로) 내 맘엔 그때나 지금이나 너밖에 읎다. 자야, 자야! 나 좀 살려도. 내 맘을 와 그리도 몰라주노?

허미옥 (반항하듯) 촌장님, 정신 차리이소! 무슨 헛것이 보이는데

자꾸 이라십니꺼? 별안간 공룡귀신이라도 씌였습니꺼?

이상락　(완전히 이성을 잃고 덮치듯) 공룡귀신이면 어떻노. 자야! 너만 사랑하다가 죽게 해도라. 그랄란다. 정말 그랄 끼다. 이것도 다 새로운 생명에 대한 탐사인 기라. 믿어 도. 응, 자야!

처절하도록 끝까지 반항하는 허미옥을 바위 뒤로 완전히 쓰러뜨려 무지막지하게 덮치자.

허미옥　광일… 아악!

비명소리와 함께 어둠 속에 잠긴다.

박광일　(손사래를 치며) 울 어무이가 더 반대한다. 펄펄 뛰면서 미옥이는 절대로 안 된다 카더라.

김영철　너 어무이 자존심은 동네사람들이 다 알제.

박광일　몰라. (생각하면 골치만 아프다고 일어서며) 촌장님, 기다리것다. 그만 일어나자.

김영철　(따라 일어서며) 아참, 너 혼자 가봐야 되것다.

박광일　오데 갈 데가 있나?

김영철　깜박했는데, 어촌계에 들릴 일이 좀 있어서. 내일 연습 갈 때 보자.

박광일　(장난치듯 배에 주먹을 먹이는 시늉을 하며) 영철아, 기운 내거라이!

김영철   (가볍게 맞받아치듯) 니도!

우정 어린 장난이 흐뭇하다는 듯 밀려오는 파도소리와 갈매기 울
음소리!
암전.

5

무대 다시 밝아지면. 허미옥이 허망해서 울고 있다.
그때야 박광일이 나타나서.

박광일 안 오고 혼자 거기서 뭐하노? 우리 점방에서 만나자 캐놓
고… 촌장님은 오데 갔는데?

허미옥 (박광일을 보자 설움이 복받쳐 더 큰소리로 목 놓아 운다)

박광일 아니, 너 지금 울고 있나? 와 우노? 어디 다친 기가? 배미
(뱀)한테 물리기라도 했나?

허미옥 (울음을 뚝 그치며 괜히 화풀이라도 하듯) 물렸다, 와? 그것도 지
독한 독사한테… 우짤 낀데?

박광일 머시라꼬? 그라몬 촌장님 약 가지러 갔는가베? 어디….

상처를 찾는답시고 걱정스레 다가가자 허미옥이 확 밀쳐버린다.

허미옥 이 벅수 축구야, 니도 손아가? 남자냐구?

박광일 미옥아!

허미옥 자연보호자가 아니라 자연파괴자다!

박광일 (자기를 두고 하는 말인 줄 알고 어리둥절하여 고개를 희미하게 젓는
다. 그 모습이 확 끌릴 만큼 너무 순진무구하다)

허미옥 (불안감을 떨치듯 와락 안기며) 바보야! 나 차버리면 칵 죽어삘

기다.

허미옥은 미친 양 박광일에게 매달리듯 안긴다.

박광일   (놀래서) 와 이라노, 미옥아? 너 갑자기 미쳤나!

허미옥   그래, 미쳤다. 나 확 미쳐뻤다. 니한테 미쳐서 죽고 싶다.

허미옥의 도발적인 공세에 박광일은 쩔쩔맨다.

박광일   이라면 안 되는데, 안 된다카이… 월당어른 알면, 니캉나
         캉 다리몽댕이 분질러진단 말이다. 너거 아부지는 우리집
         을….

허미옥   머슴아가 돼갖고 그게 그리 무섭나? 너거 집이 뭐 어때
         서? 내가 지금 어떤 심정인지도 모르고… 내 저 갯벌에 빠
         져죽고 말끼다. 니가 잡아주야제, 이 바보 멍텅구리야!

박광일   (더 이상 못 버텨 무너지듯 함께 호응하며) 나, 나 바보 멍텅구리
         안 할란다, 이 문디 가순아야!

허미옥   일아!

박광일   옥아!

두 사람 힘껏 끌어안아 입을 맞추고 하나 되듯 쓰러지면,
암전.

6

무대 다시 밝아지면, 허미옥이 갯바위에 혼자 앉아서 망연자실하여 바다를 바라보고 있다. 3장의 연결이다.

허도치가 뒤에서 박광일에게 돌아가라고 손짓하고 예의 그 불안정한 걸음걸이로 소리 없이 다가간다.

박광일은 돌아가는 체하고 숨어서 본다.

허도치   (조심스럽게) 옥아, 맴이 좀 가라앉았나?

허미옥   (미동도 하지 않고)….

허도치   바다를 바라보고 있으몬 맴이 편해질 때도 있는 기라. 그래, 마 실컷 보거라.

허미옥   종갑이 오빠 앞에서 실수 많이 했습니꺼? 지가 완전히 미쳤지예?

허도치   앙이다.

허미옥   다른 사람들도 있었던 것 같은데예?

허도치   그 사람들은 아무것도 모른다.

허미옥   아부지가 알았다면, 그 대쪽 같은 성격에 아마 죽이쁠라 캤을낍니더. 아부지도 우짜몬 나 때문에 돌아가셨는지도 몰라예. 알면서도 남사스러버 차마 말을 못하고 속만 끓이시다가….

허도치   월당 어른은 모르시고 돌아가셨을 끼다. 내도 갯가에 핏덩이는 보았지만, 니 것인 줄은 꿈에도 몰랐데이. 얼라 애비는 누고? 내한테도 말 못할 사람이가?

허미옥   아임니더. 모릅니더. 아무것도 모르겠심더.

허도치   그라몬 얼라 씨도 모른단 말이가? 강제로 당했더나?

허미옥   몰라예. 뭐가 뭔지 도통 모르겠심더. 내가 얼라를 낳아 갯가에 버렸다는 사실 말고는….

허도치   아이고, 불쌍한 것. 그 몸으로 아부지 초상까지 치랐으니….

허미옥   (허도치에게 안기며 흐느끼듯) 아제야!

허도치도 허미옥을 안은 채 막막하여 어찌할 바를 모르는데, 갈매기도 울음소리가 처량하다.

숨어서 훔쳐보던 박광일도 그때야 비로소 무언가 뉘우친다. 그는 소리 없이 울부짖듯 괴로워하며 몸을 감춘다.

허미옥   … 부탁한 대로 양지바른 곳에 묻어주었습니꺼?

허도치   엉? 오냐 오냐, 잘 묻어주었으니 아무 걱정 말고… 이제 다 잊아뿔고 정신만 단디 잘 챙기거라. (돌아서며 혼잣말) 하이고, 이 늙은이가 아무래도 큰 실수를 저지른 것 같구만!

왠지 불안한 허도치의 시선이 어지러운데,
암전.

7

잠시 후 무대 다시 밝아지면. 한쪽에 동그란 조명 속에서 이상락
과 허도치가 드러난다.
허도치의 손에는 사각형 흰 스티로폼 생선회 박스가 들려 있다.

이상락 (허도치가 내미는 박스를 받으며 의아하여) 뭔교?

허도치 (비밀스레) 이기 안 있나, 자네 같은 몸에는 옛날부터 최고
좋은 명약으로 치는 기라.

허월당 (한쪽에 혼령인 듯 나타나) 저 저 염쟁이 도치 저놈아가, 이 육
실헐 놈들!

암전.

8

허월당의 목소리와 함께 암전되자마자 무대 다시 밝아지면, 허월당의 영정 사진부터 불이 들어온다. 고인의 사진 모습이 왠지 위엄스러워 실물보다 훨씬 돋보인다. 곧 이어서 불빛이 번지듯 무대 전체가 밝아지는데 보니 고인의 영정 앞에 삼우제를 마친 허미옥과 허종갑, 허도치가 자리하고 있다. 허도치가 이때 자리하고 있는 게 원칙이지만, 나중에 등장해도 어쩔 수 없다.

허미옥 (허월당의 영정 사진을 보고 여러 가지 생각과 회한이 어려) 아부지!

허종갑 (허미옥의 어깨를 두들기며) 삼우제도 끝났으니까, 당분간은 아무 생각 말고 푹 쉬도록 해라. 몸을 좀 추슬러야지, 얼굴이 영 말이 앙이다.

허미옥 오빠, 아부지 서재 비었으니까 내려오면 언제든지 써이소. 언제 올라갈 낍니꺼?

허종갑 당분간은 이곳에 머물러 있을 참이다. 아버지가 준비하시던 월이제….

허미옥 (하마터면 잊어먹을 뻔했다고) 아참, 월이제 하니까 생각이 났심더. 그동안 정신이 없어 깜빡하고 있었는데… 아부지가 오빠 오면 드리라고 구술로 편지를 남겼거든예. 제가 받아쓴 거라예.

허도치 (늦어도 이때쯤은 등장하여) 유서를 남기셨단 말가?

허미옥   야아, 유언인 셈이지예.

허미옥이 감춰둔 편지를 건넨다. 허종갑이 편지를 받아 읽으면,
한쪽에서 허월당이 동그란 조명을 이고 나타난다.

허월당   (온화하게) 장조카야. 이 당숙을 많이 원망했것제? 내가 무
슨 권한으로 하나밖에 없는 장조카를 고향땅에 발도 못
붙이게 했는지 후회막급이다. 그래도 니 아버지만은 꼭
고향 선산에 모셔야 하는 기라. 세상을 살다 보면 어렵고
힘들 때도 많은 법이다. 그때 소주병이나 차고 부모 산소
에 찾아가서 실컷 울고 나면 후련해지는 기라. 그라고 내
가 월이제라 카는 걸 하나 벌여놨는데, 아무래도 마무리
를 못 보고 눈을 감을 것 같다. 그래서 하는 말인데, 니가
좀 알아서 맡아주면 마음이 놓이것다. 정 군수하고는 죽
마고우제? 그라고 우리 미옥이도 잘 부탁한데이. 좋은 일
많이 하고 잘 살다가 오너라. 그때, 그때 또 만나자.

허종갑이 편지를 다 읽는 것과 동시에 허월당이 사라진다.

허종갑   아제, 당숙의 유업을 받들어 월이제하면 간사지, 간사지하
면 월이제가 생각나도록 열심히 한번 해볼낍니다.

허도치   그래, (허종갑의 손을 잡으며) 잘 부탁한데이.

암전되면서, 벌써부터 월이제 길놀이 풍물패 소리가 들려오기 시작한다.

9

무대 밝아지면, 간사지 '속싯개' 낚시점 앞에서 〈월이제〉가 열리
는 현장이다.

〈月伊祭〉〈월이제〉라는 글씨의 깃발이 2개 꽂히고, 동백나무에
울긋불긋한 오색 천이 주렁주렁 걸려 있다. 행사 추진위원장 허
종갑을 비롯하여 이상락, 허도치, 김영철, 최숙자, 허미옥, 박광일
등등 아래 뒷담 동네사람들이 다 모인 셈이다.

제사장인 허종갑이 월이제 제문을 읽는다.

허종갑　(월이제 祭文) 여기 간사지에서 자랑스러운 선조 월이 할매
　　　　　를 모시는 축제 한마당 월이제를 올리매, 제사장 허종갑
　　　　　천지신명께 삼가 고합니다. 이렇게 우리 후세들이 정성을
　　　　　모아 제단을 마련하여 분향명촉하고 잔을 올리니 월이 할
　　　　　매여, 기쁘게 받으소서. 임진왜란 때 당항포 대승 이순신
　　　　　장군의 이 속싯개 승전보 밑거름이 된 할매의 그 거룩한
　　　　　얼이야말로, 오늘을 사는 우리들 저마다의 가슴속에 살아
　　　　　서 영원히 숨 쉬는 것입니다. 간사지의 수호신 갈매기 울
　　　　　음소리에서도, 속싯개 파도소리에서도, 머릿개 바람소리
　　　　　에서도 할매의 숨결이….

허종갑이 위와 같은 제문을 읽는 중인데도, 처음부터 박광일이

한쪽에서 시무룩한 게 수상쩍다. 허미옥이 걱정되어 집적거리듯 달래는데, 최숙자가 마뜩찮은 표정으로 다가온다. 허미옥은 자리를 피해주듯 마지못해 사람들 속에 섞인다.

최숙자 (다른 사람이 못 듣게) 이 좋은 날 웬 지랄이고?

박광일 못 참겠심더. 그냥 이대로 멀리 떠나버릴랍니더.

다른 쪽으로 빠진다.

최숙자 (박광일 쪽으로 가면서 마음의 소리로) 내 가슴에 터진 바닷물, 이 내 마음속 간사지에는 이제사 보도시 저 거류산을 움직여 뚝을 막아 우리만의 푸른 바닷들을 만들라카는데… (달래듯) 광일아.

박광일 도저히 미옥이 얼굴을 못 보겠심더. 그날 도치 아제한테 하던 미옥이의 말을 못 들었으면 모를까… 어무이한테 말했제. 이참에 간사지를 떠나겠다고. 이 간사지만 떠날 수 있다면, 무슨 사고라도 치고 싶심더. 참말입니더, 어무이요!

최숙자 무슨 헛소릴 지껄이노, 시방. 에미가 이 월이제에서 다 풀어줄 끼다. 조금만 참아라. 사내놈이 한번 실수는 있는 기다. 에미도 처녀 때 얼라를 낳아 갯가에 버린 적이 있다 안 카더나. 그 때문에 여기 돌아왔는데, 그놈의 탈 때문에 탈이 나서 여기 돌아와 사는데, 니가 와 떠난다카노?

박광일　내버린 핏덩이가 내 씬 줄도 모르고….

최숙자　꼭 니 씨라는 보장이 어딨노.

박광일　어무이, 미옥이를 어떻게 보고 하는 말입니꺼?

최숙자　(허종갑의 제문이 다 끝나 감을 알아채고) 아무튼 월이제를 끝내 놓고 보자.

박광일　(답답하다고) 어무이!

허종갑이 제문을 다 읽고 큰절을 두 번 함으로써 제를 끝내자.

이상락　(병색이 완연함을 감추고) 욕봤다. 이번 행사를 처음부터 끝 까지 책임지고 주도한 허종갑 본 월이제 집행위원장님… 자, 박수!

허종갑　(박수를 받으며) 여러분들이 도와준 덕택이제. 오늘 이 자리 에 중요한 도청 출장 일로 참석 못했지만 군수님을 비롯 한 관계자, 우리 지역문화를 사랑하여 월이제에 참석해주 신 군민들도 모두모두 다 고맙고에.

이상락　(관객을 마을사람들 삼아) 거산리와 두호 머릿개 주민들은 물 론이고, 멀리서 오신 당동 어르신도 보이고, 가까이는 아 래 뒷담 아지매들, 저 기월리, 달티 아제도 오셨네에? 이 만하몬 대성황입니더.

허도치　이런 기회에 모여서 서로 얼굴을 보니 참 좋심니더.

김영철　월이제는 벌써 성공을 거둔 기라요.

허도치　하모 맞다. 다 잘 끝났데이.

김영철 (궁금한 게 생각났다는 듯) 참, 도치 아제요. 왜군이 월이 할매 때문에 우리 이순신 장군한테 몰살당한 거 맞습니꺼?

허도치 새삼스럽긴. 그때 왜군 시체 머리가 떠밀려 산더미처럼 쌓였다 해서 두호 머릿개라 안 카나. 잡안개, 도망개도 있고….

김영철 그라니까 겨우 몇 놈 살아서 거류산 넘어 대마도까지 쎄빠지게 도망쳐갔다는 것도 맞지예?

허도치 하모하모, 쎄빠지게 도망치다가 부랄은 안 흘렸는지 모르것다.

이상락 그라몬 거류산 먼다를 샅샅이 한번 뒤져봐야겠네예. 공룡 알 같은 왜놈 부랄 화석을 주울지 누가 압니꺼?

'머시라꼬!', '그려그려!', '맞다맞다!' 하면서 모두들 신이 나서 웃는다.

허종갑 예, 최숙자 여사께서 낚시점 점방 상호를 괜히 '속싯개'라고 붙인 게 아닙니다. 왜놈들이 우리 월이 할매와 동네 아지매들한테 속았다고 쏙시개 아닙니까! 쏙시개는요, 최여사의 가슴속에 선조들의 피가 그만큼 뜨겁게 흐르고 있다는 증거가 아니고 무엇이겠습니까!

최숙자 (암전하게) 속싯개 많이많이 이용해 주이소.

'그래 알았다!' 소리와 함께 모두들 웃는다.

허종갑 기왕 웃는 김에 박수도 한번 크게 쳐주이소.

허도치 누구한테 쳐야 되는 긴데? 갑이한테가, 자야한테가?

이상락 갑이 자야 찾을 거 없심더. 두 사람한테 사정없이 다 치삐소, 고마. (관객들의 박수까지 유도하며) 그라고 이순신장군 주둔부대 군량미 씻은 듯 쌀뜨물 흘려보내 왜군들을 유인, 보기 좋게 속인 우리 촌사람 보통서민 그 무명씨 조상 아지매들한테도 괜찮고예.

모두들 박수를 친다.

이상락 영철아, 준비됐나?

김영철 예, 됐심더. 나오거라!

오광대패 (기다렸다는 듯 큰소리로) 예!

오광대패들이 밀물처럼 한꺼번에 들어와 판을 벌인다. 배우들도 한데 어우러지려고 준비물인 고성오광대 탈을 가지려 가는데, 영감탈을 쓴 허월당과 큰어미탈을 쓴 감골댁이 각자 남녀 탈을 나눠 가지고 나온다. 이승과 저승의 경계가 무너지는 순간이다. 탈은 한곳에 미리 준비해놓아도 상관없다.

허월당 가지러 들어갈 것 없느니라. 여기 와서 아무거나 골라 쓰거라.

모두들 (안으로 들어가려던 사람들이 돌아서며 함께 큰 소리로) 조웅제!

남녀 배우들이 자연스럽게 각자의 탈을 찾아 쓴다.

허종갑은 양반탈, 김영철은 말뚝이, 이상락은 문둥이, 최숙자는 작은어미, 박광일은 초랭이, 허미옥은 각시, 허도치는 중이나 비비탈이다.

그들은 각자 춤사위를 뽐내며, 월이제 깃발을 중심으로 원을 그리며 탈춤을 춘다. '산 좋고 물 좋고~'

중과 각시가 굿거리장단에 맞추어 추는 춤이 볼만하다.

말뚝이춤은 동작이 크고 도약이 심해 배김새가 힘찬 건무(健舞)이고, 양반춤은 유연한 춤사위를 보인다. 문둥이춤은 문둥이가 파리 잡아먹는 모습 등 그 동작을 유머스럽게 표현한다. 큰어미 할미춤은 팔을 크게 벌리고 엉덩이를 심하게 흔들며 외설적인 동작으로 익살스럽게 춘다.

작은어미 최숙자가 '치기나칭칭나네'를 선창하면 나머지 무리들도 괄호 안의 후렴구를 따라서 소리한다. 목가적인 아련한 템포다.

'치기나칭칭나네

(치기나칭칭가네)

얼시구나 농부들아

(치기나칭칭가네)'

감골댁은 탈을 벗고 허월당에게 다가간다.

감골댁　　월당 조카야, 우리 이제 그만 돌아가시자. 굿판에 농요라

도 한 자락 해줄락꼬 구천 길 멀다 않고 왔다만 소용없게
돼삣네. 저만하면 안심해도 되것다.

허월당 숙모님 뺨치게 잘 부르네예. 그래도 기왕지사 어려운 걸
음 나왔으니 끝까지 놀다가 가시지예. 그라고 갈 때는 우
리끼리 갈 수는 없심더. 잔칫날에 왔으니 한 놈이라도 길
동무를 데불고 가야지예.

감골댁 그라몬 어떤 놈이 제일 비실비실거리는지 골라 보거라이.

허월당 (부채를 펼쳐 살피듯) 어디 보입시더. (마침 이상락이 콜록거리자)
옳거니 옳거니, 저 콜록거리는 이(李)가 저놈아가… 와 그
란지 삼신할미가 저승사자한테 이가를 영 안 좋게 이야기
합디다. 그나저나, 그건 나중에 돌아갈 때 일이고, 우선은
재밌게 노시이소. 손자 덕분에 내가 처음 펼쳐놓은 월이
제가 성공을 거두지 않았습니꺼.

감골댁 내 손자 덕분이라는 말이제?

허월당 우리는 특별히 월이가 직접 초청해서 오지 않았습니까요,
숙모님.

감골댁 그라몬 다시 탈을 써야제. 아무 탈 없이 이승과 저승의 경
계를 허물고 한데 어우러져 놀라카면….

두 사람은 다시 탈을 쓰고 이승 사람들과 함께 어우러져 춤을 춘
다. 탈을 쓴 최숙자의 농요소리가 계속된다.

'치기나칭칭나네~

얼씨구나 농부들아
이내 말씀 들어보소
치기나칭칭가네'

허종갑이 최숙자를 바라본다.

허종갑　우리 할매다! 어릴 때 듣던 바로 우리 할머니의 목소리다!
　　　　(탈을 벗고) 할머니!

정적과 함께 모든 배우들 올 스톱모션!

최숙자　(탈을 벗으며) 저는 월이 기생이옵니다. 장군님, 장군님, 이순
　　　　신 장군님, 모시겠심더! 모시겠습니다, 장군님! 이순신 장
　　　　군님! 장군님을 몸신으로 모시겠습니더!

신들린 듯 다시 탈춤을 춘다. 다른 사람들도 계속해서 오광대 춤
을 춘다. 박광일이 탈을 벗고 갑자기 외친다.

박광일　(자신의 존재를 드러내듯) 걸어간다, 거류산이 걸어간다!

허종갑이 박광일한테 속마음을 들켰답시고 놀라서 걸음을 멈추
고 후닥닥 탈을 썼을 뿐 아무도 쳐다보지 않는다. 탈춤의 무리들
은 또 속을까 보냐고, 들은 둥 만 둥 춤에만 열중한다. 모두들 하

나로 어우러진 탈춤은 더욱 흥과 신명을 돋우며 한창 고조되는
것이다.
단지 허미옥만 탈을 살며시 벗고 엿보듯.

허미옥　　또 광일이 니가 소리쳤나? 난 종갑이 오빠 줄 알았다 앙이
　　　　　가. 목소리가 영판….

허미옥은 자기만 속아서 속상하다고 탈을 쓰고 무리들에게 휩싸
이는데.

허종갑　　(탈을 벗으며 거류산을 보고) 멈춰라, 거류산아 멈춰라!

허종갑이 얼른 탈을 썼는데도, 그 목소리에 허미옥은 탈을 벗고.

허미옥　　목소리가 영판, 우째 그리 똑같이 닮았노! (한순간 짚히는 게
　　　　　있어) 아니, 그라몬 광일이가! 으아아악!

폭발하는 광기에 쓰러질 듯, 때마침 천둥번개가 치고 비바람이
몰아친다. 그야말로 광풍이다.

허도치　　갑자기 웬 억수 같은 비바람이고!
김영철　　(선동적으로 소리치듯) 변괴다, 변고! 거류산 무지개터가 수
　　　　　상합니더. 남몰래 누가 또 묘를 쓴 게 분명합니더! 몰려가

묘를 파헤쳐야 합니더!

비를 피해 우왕좌왕하던 오광대패들은 '가자, 거류산 꼭대기로!'
'무지개터를 샅샅이 뒤져라!' '몰래 묻은 시체가 있다면 파헤쳐버
려야 한다카이!' 소리치며 퇴장한다.
최숙자가 말라죽은 고목 동백나무에 걸친 울긋불긋한 오색 천을
풀어 무당춤을 추기 시작한다.
문둥이탈의 이상락은 미친 듯이 거류산 꼭대기를 향해 비손을
한다.

허월당   숙모님, 우리도 이만 서두릅시다. 까딱 잘못하면 오도 가
도 못하고 구천을 떠도는 원혼 신세가 되겠심더. 퍼뜩 가
입시더!

감골댁   그래, 무당 눈에 띄기 전에 퍼뜩 피하는 게 상책이제. 가제
이(가자)! 조카님이 앞장 서거라.

허월당   따라오이소.

허월당을 따라 감골댁이 퇴장한다.
허미옥은 완전히 미쳐서 바다로 몸을 던져 들어간다. 광풍은 더
욱 기세를 부린다.
박광일이 가면을 벗어던지며.

박광일   (함께 미친 듯) 공룡이다! 찾았다. 저건 공룡인기라. 거대한

공룡이 나타났다!

허도치 옥아, 어디 가노? 나오거라. 더 들어가면 죽는데이. 해일이 밀려온다카이. 퍼뜩 나온나!

허종갑 언제 저리 많이 들어갔노? 저 산더미 같은 파도 좀 보소! 위험해, 나와라카이!

허도치 온나, 나온나, 미옥아!

최숙자는 비바람 속에서 신내림. 내림굿 무당춤에 빠졌고, 다만 허미옥의 피붙이인 허종갑과 허도치가 발을 동동 구른다.
박광일이 허미옥을 구하러 바다에 뛰어든다. 김영철이가 박광일을 붙들려 하지만 소용없다. 박광일은 김영철을 사정없이 뿌리친다. 김영철이 나가떨어진 사이에 박광일은 벌써 저만큼 바닷속으로 들어간 것이다.

박광일 미옥아! 멈춰. 안 돼, 나온나! 공룡한테 걸리면 죽는다!

허미옥은 물속에 잠기고, 마침내 박광일도 허미옥을 따라가 끌어안은 채 함께 파도에 삼킨다. 한 쌍의 청춘남녀는 그렇게 바다로 가버린다.

김영철 광일아! 미옥아… (다시 바다로 뛰어들며) 안 된다! 같이 가!

허도치가 김영철을 끌어안고 필사적으로 막는다.

허도치 다 끝난 기라. 모두 떠난다 캐도 니캉 내캉은 간사지를 지켜야 한대이, 이노무 자슥아야! 누가 머라 캐도 너는 농어촌 후계자 앙이가!

김영철 농어촌 후계자는 바닷물이 친구들을 삼키는데도 보고만 있으란 말입니꺼? 예? 말 좀 해보이소, 도치 아제요!

허도치 그럼 다 같이 죽어야 되겠나! (허도치와 뒹굴던 김영철이 제힘에 지쳐 나가떨어지자, 그때야 고개를 들고 바다를 보며) 아이고, 저 불쌍한 것! 우리 허씨 가문 망했데이. (고개를 돌려 저 속싯개 주인아낙네는 제 아들이 어떻게 된 줄도 모르고 저런다고) 미쳤다. 하늘도 땅도 바다도 사람들까지 몽땅 다 미쳐삔 기라.

이상락 (비손을 계속하며) 맞심더, 다 미쳤심더! 용서해 주이소. 미쳤심더.

최숙자의 신내림춤이 절정을 이룬다.

허종갑 (신내림 무당춤에 빠진 최숙자조차 어떻게 되는 게 아닌지 걱정되어 붙들 듯) 이봐, 정신 차려! 광일이가 바다로 갔어.

최숙자 물럿거라! 감히 어느 신령인데 하찮은 떠돌이 잡귀가 설치는가? 시잇, 썩 물럿거라! (내쫓듯) 허이, 허어이….

거류산을 향해 비손을 하던 이상락이 최숙자를 향해서도 비손을 한다. 거류산과 최숙자에게 번갈아가며 비손을 더 큰 동작으로 미친 듯이 계속한다. 최숙자는 한번쯤 이상락에게 다가가 춤동작으로 악귀를 쫓듯 썩 물럿거라, 몸서리치듯 한다. 허종갑은 최숙자가 걱정되어 발을 동동 구른다. 그럴수록 최숙자의 춤은 광기를 보이며 더욱 신명나다 못해 결국 쓰러질 때까지 계속된다.

허도치는 망연자실한 가운데 이상락의 비손과 최숙자의 신내림을 바라볼 뿐인데, 비바람과 파도소리가 점점 더 세게 무대까지도 삼킬 듯 압도한다.

최숙자가 신내림 광기에 쓰러지면,

암전.

10

무대 다시 밝아지면, 속싯개 점방이다. 그야말로 태풍 뒤의 고요처럼 갈매기 소리와 잔잔한 파도 소리에 더욱 적막감이 감돈다. 속싯개 점방엔 대나무가 세워져 있고 그 끄트머리에 붉은 깃발이 달려 있다.

허종갑이 서울 가는 길에 마지막으로 들른다. 허도치가 허종갑의 여행용 가방을 들고 먼저 등장한다. 박광일이 언뜻 초랭이춤을 추며 뚝방길을 지나간다. 허종갑이 금세 사라진 박광일의 뒤에 대고 이름을 부르며 몇 발짝 뒤따른다.

허종갑　　광일아… 광일아!

허도치가 의아하게 허종갑을 쳐다본다.

허도치　　지금 누구 부르는 기고?

허종갑　　광일이요. 방금 뛰어나갔는데, 아제는 못 봤습니까?

허도치　　이젠 자네까지 와 그라노? 누가 뛰어나갔다고 그래쌓노? 이제 와서 아무리 그래봤자 죽은 자식 고추 만지기데이. (깃발을 보고) 저건 또 뭐꼬? 언제 깃발을 달았제? 이거 완전히 무당집이네? 월이제 때 진짜로 신이 지폈는가베!

허종갑　　(혼잣말처럼 허도치에게 처음으로 털어놓듯) 월이제는 이번이 처음이자 마지막입니다. 뚝방 공사로 마동호(馬東湖)가 생기면, 이 간사지 다리는 수몰되거든요. 이제 겨우 찾은 간사진데, 영원히 물속으로 사라진단 말인가! 이 간사지에 뭐가 또 떠날 것이 남았다고.

무심코 보석갑을 꺼내 만진다.

허도치   그기 뭐꼬?

허종갑   아버지의 유해를 한줌 남겨 보관했던 상잡니다.

허도치   요기 간사지에 뿌리고 선산에도 모셨다카디?

허종갑   그랬지요. 이제는 아버지 유해 대신 간사지의 마른 흙입니다. 언제 물에 잠길지도 모른다잖아요.

허도치   아버님의 유해와 고향 흙이라….

김영철   (소리) 아제요!

김영철이가 헐레벌떡 뛰어서 등장한다.

김영철   아직 여기 있었네예. 크, 큰일 났심더, 큰일 났어예!

허도치   무슨 일이고, 천천히 좀 말해 보거라?

김영철   촌장님이, 촌장님이예….

허종갑   상락이가 왜? 무슨 일인데?

김영철   촌장님이 목매달아 죽었심더!

충격에 몸이 굳듯 세 사람 스톱모션하면, 한쪽에 이상락이 동그란 조명을 이고 드러난다.

이상락 친구야, 용서하거레이. 거류산 무지개터 명당 묏자리에 얼라를 묻은 건 내다. 너 재종 미옥이… (못할 짓을 했다고 참회하듯) 광일이가 그토록 사랑하던 미옥인데, 글마들(걔들)을 죽인 것도 날세. 다 내 탓이야. 마지막으로 다 꺼져가는 이 목심, 우짜몬 용서가 되겠노? 이렇게 나무에 목을 매달아 간사지 갈매기 밥이 될란다.

이상락이 어둠 속에 묻혀 퇴장하고.

허도치 다 내 탓인 기라, 내 잘못인 기라! 얼라 때문에, 결국은 갯가에 버려진 그 요물단지 때문에….

허종갑 그 얼라는 아제가 독메산에 묻어주지 않았습니까?

허도치 (고개를 저으며) 월당어른 유품 태운 거 묻을 때 함께 묻어주려고 독메산까지 가져갔다가 환자(患者)를 생각한다는 게… 내가 죽일 영감탱인 기라. 죄 맞아 급살할 인간은 바로 이 허도치인 기라! 아이고… 영철아, 가보제이. 우리 동네 염쟁이는 나밖에 없인께네… 늙으면 죽어야 하는 긴데… 늙은이는 안 잡아가고 와 애민(애꿎은) 젊은 사람들만 다 데불고 가는지… 도회지로, 바다로, 하늘로… (상두꾼이 선소리나 만가를 흥얼대듯) 간다 간다 나는 간다~ (이 늙은이 죽

77

으몬 누가 시신 목욕시켜 북망산천 보내줄까) 북망산천~

허청허청 퇴장하는 허도치의 뒤를 김영철이가 따른다.

허종갑   같이 가입시더.

따라 나가려는데 뒤에서 붙잡듯 최숙자가 외치는 소리 들린다.
세 남자는 걸음을 멈추고 뒤돌아선다.

최숙자   (큰소리만) 어딜 가, 이놈아! 에미 곁을 몬 떠난다. 일아, 광
일아! 내 새끼 허광일(許光一)… (잠시 멈췄던 허도치와 김영철은
허종갑에게 눈길을 한번 주고 완전히 퇴장한다. 허종갑도 그냥 따라가
려다가 돌아선다) 절대로 몬 떠나, 니놈은 이 간사지 귀신이
다. (신대를 잡고 뛰쳐나오는 듯 밖으로) 광일아! 금쪽같은 내 새
끼 내 손아!

허종갑을 보고 박광일로 착각한다.

최숙자   (반가워) 광일아, 일아!

그러나 박광일이 아닌 허종갑이다. 다시 신대를 흔들며 찾아 헤
매듯 아들을 부른다.

최숙자   일아, 광일아, 광일아….

신기(神氣)가 오른 그녀는 아들의 혼령을 불러내듯 격렬하게 신대를 잡고 흔들어댄다. 깃발이 달린 대나무를 함께 잡고 흔들어대기도 하고… 그야말로 사라져가는 것에 대한 거부의 몸짓, 소리 없는 아우성인 양 깃발이 펄럭인다.
최숙자가 광일을 부르며 찾아 헤매자 보다 못한 허종갑이 최숙자를 꼭 껴안듯 함께 신대를 잡고 흔든다.

허종갑   광일이를 이제 그만 보내주자.

완전히 신기에 사로잡힌 최숙자가 그 말에 '헉' 소리를 내며 신대를 놓고 허종갑을 쏘아본다. 두 사람의 시선이 질긴 인연처럼 서로 잠시 얽힌다.
허종갑은 최숙자의 강렬한 눈빛에 마음의 가책을 느끼듯 몇 발짝 떨어지며 바다를 향해 시선을 돌린다.

최숙자   (건조한 목소리로) 바다는 왜 바라봅니꺼? 고개를 돌려 저 높은 거류산을 향해 눈을 크게 뜨이소. 산이 움직이는 게 보일 낍니더!

허종갑   그래, 저 높은 곳을 향하여… (거류산을 보고 슬픔 속에 희망을 지피듯 크게) 저 먼다를 전자서!

최숙자   (애써 지핀 희망의 불길이 활활 타오르듯) 저 먼다를 전자서!

최숙자·허종갑　(자기들도 모르게 하나가 되어 절규하듯 동시에) 저 먼다를 전
자서!

거류산은 최숙자의 허종갑에서 이제는 두 사람의 박광일로 바뀐
셈인데, 서서히 암전된다.
서서히 암전되면서, 이 간사지 사람들의 마음을 사정없이 적시듯
언제나와 같이 일상의 파도소리가 들리면 놀란 듯 울며 나는 갈
매기 울음소리에 애절한 고성 농요가 생명처럼 살아난다.

감골댁과 최숙자의 목소리다.

'(감골댁) 조리 조리 조조리 새야
(최숙자) 나리 나리 나나리 새야
(감골댁) 하나부는 꽃에서 놀고
(최숙자) 거거무는 줄에서 논다
(함께) 산두 넘어 해 넘어 간다
곱은 각시 밥하러 간다
곱은 처자 동자 간다
얽은 각시 물 길러 간다
～

완전히 암전.
— 막

한국 희곡 명작선 94

간사지

초판 1쇄 인쇄일   2021년 11월 25일
초판 1쇄 발행일   2021년 11월 30일

지 은 이   최송림
만 든 이   이정옥
만 든 곳   평민사
　　　　　서울시 은평구 수색로 340 〈202호〉
　　　　　전화 : 02) 375-8571 / 팩스 : 02) 375-8573
　　　　　http://blog.naver.com/pyung1976
　　　　　이메일   pyung1976@naver.com
등록번호   25100-2015-000102호
ISBN　　 978-89-7115-808-1   04800
　　　　　978-89-7115-663-6 (set)
정　　가   8,000원

이 책은 사단법인 한국극작가협회가 한국문화예술위원회의 2021년 제4회 극작엑스포
지원금을 받아 출간하였습니다.